中公文庫

戦　　　場

トランプ・フォース

今野　敏

中央公論新社

戦場

トランプ・フォース

主な登場人物

佐竹竜《りゅう》……………トランプ・フォースの隊員。ホワイト・チームに所属
デービッド・ワイズマン…………佐竹竜のチームメイト
マーガレット・リー……………佐竹竜のチームメイト
ミスタ・ホワイト……………ホワイト・チームのリーダー兼教官
串木田昌吾…………丸和商事のブラジル支社長
上原俊夫……………丸和商事ブラジル支社の秘書室長
佐野次郎……………丸和商事ブラジル支社の営業本部長
ホセ・カレロ大佐……………マヌエリア共和国の実力者
アントニオ・サンチェス将軍…………マヌエリア共和国の独裁者
ノリエガ将軍……………パナマ国防軍司令官
ジョルディーノ、ロペス、リョサ……バーミリオン・チームのメンバー
ハリイ、ジャクソン、シュナイダー…ブラック・チームのメンバー
エル・ガトー……………ＦＦＰ（自由パナマ戦線）のリーダー

5　戦場

1

午後二時を過ぎたころ、今まで晴れていた空に、急に雲が広がり、あたりが暗くなった。たちまち、大粒の雨が降り出した。

紺色のサマースーツを着て空港に降り立った串木田昌吾《くしきだしょうご》は、思わず顔をしかめた。

サンピラト空港は、平屋の格納庫と、ところどころの割れ目から雑草が生えている二本の滑走路、そして、ひどく粗末なチケッティングビルから成っていた。

管制塔は、そのビルの屋根に突き出た小部屋にすぎなかった。

串木田昌吾は、少々太り気味の体に鞭《むち》をくれて、掘っ立て小屋とでも呼びたいチケッティングビルまで走った。

空港内のいたるところに、自動小銃を持った兵士が立っていた。

やせて目だけがぎょろりと大きい兵士たち。彼らは皆、砂色の制服を着ていた。半袖のサファリ型の制服だ。

彼らはずぶ濡れのまま立ち、空港内を駆け抜ける串木田昌吾たち三人の日本人をじっと見つめていた。

〈あの眼がいやなんだ〉

串木田は心のなかでつぶやいていた。

彼は日本の大手商社、丸和商事のブラジル支社長だった。この種の人間の多くがそうであるように、彼は現地の人々を腹の底では軽蔑し、嫌っていた。

ようやくビルにたどり着いた串木田は、雨粒がついた眼鏡を外《はず》し、ハンカチでぬぐった。走ったせいで、ますます暑くなり、汗を流した。汗が雨と混じり合い、シャツが腹や背中にべったりと貼りついた。

串木田は、日本語で悪態をつき、しかめっ面をした。

秘書室長の上原俊夫《うえはらとしお》がそれに気づいて言った。

「この季節には、決まってこの時間に降り出すそうです」

彼は如才ない態度で言った。「すぐに止みますよ」

実際、上原俊夫は有能なビジネスマンだった。ブラジル国内はおろか、中米にもさまざまなコネクションを持っている。

上原俊夫がいなければ、串木田の業績は、まず現在の半分近くに減ることは間違いなかった。

「しかし、何という空港だ……。先が思いやられる」

「この国は独立したばかりで、まだ民間の航空会社は乗り入れていません。すべてが、軍事政権に握られているんです」

「だが、あんな飛行機に乗せられるとは思わなかったぞ。何だあれは……」

「C―140。きわめて優秀な輸送機ですよ」

「まったくこのあたりにいるといい経験をさせてもらえるもんだ」

秘書室長の上原は、その言葉に上品なほほえみを返した。

串木田は笑わなかった。

ふたりのやりとりを、ブラジル支社営業本部長の佐野次郎《さのじろう》が無言で聞いていた。

この神経質そうな細身の四十男は、今回の出張に同行したことを、心から後悔していた。彼は雨に打たれて不快だったし、暑さにうんざりしていた。

彼は、何か悪い予感がしていた。足を踏み入れるべきではないところまで来てしまったという気分だった。

空港ビルの隅で、この国の将校姿の男がゆっくり立ち上がり、自動小銃を持った下士官をふたりひき連れて近づいて来た。

佐野次郎はそれに気づき、不安がますます濃くなっていくのを感じた。

上原俊夫が、将校に近づき、陽気に手を振った。

将校は無表情にうなずいただけだった。

上原が紹介した。

「支社長。こちらがホセ・カレロ大佐です」

続いて上原は見事なスペイン語で串木田一行をカレロ大佐に紹介した。

カレロ大佐は、小さくうなずいただけだった。左目の下から頬に刻まれた傷が不気味な印象を与える。

が、何よりも不気味なのは、表情にとぼしく冷たい彼の眼だった。まばたきひとつせずに自分の肉親を殺せる男の眼だと串木田は思った。

カレロ大佐がスペイン語で言った。

「ようこそ、マヌエリア独立共和国へ」

くるりと背を向ける。「サンチェス将軍のもとへご案内する」

マヌエリア共和国は、パナマとコスタリカにはさまれた小国で、政治のすべてを軍がおさえていた。

その実権を握っているのがアントニオ・サンチェス将軍だった。

マヌエリア共和国は、激動の地、中米に新たに誕生した火薬庫だった。

中央アメリカの紛争はニカラグアの内戦が導火線となった。そのニカラグア内戦の発端は一九七九年のサンディニスタ革命だった。

この年の七月、左翼ゲリラのサンディニスタ民族解放戦線（ＦＳＬＮ）が、四十三年間にわたったソモサ父子の独裁政権を倒したのだった。

この機運は隣国のエルサルバドルに波及した。エルサルバドルでは軍事改革派のクーデターが起こり、ロメロ政権が倒された。

隣り合う国で、一方は左派、もう一方は右派が政権を握ったのだ。中米は一気に政情不安となった。

その後、ニカラグアの革命政権はソ連、キューバに近づいた。

アメリカ合衆国が支援する右派は、ホンジュラスに本拠を置くニカラグア民主勢力（ＦＤＮ）、コスタリカ側の民主革命同盟（ＡＲＤＥ）などを組織して、一九八三年から本格的な戦闘を開始した。

これら反革命勢力は総称してコントラと呼ばれた。

エルサルバドルでもクーデターによる軍事政権に対抗して左翼ゲリラがファラブンドマルチ民族解放戦線（ＦＭＬＮ）と政治組織・民主革命戦線（ＦＤＲ）を結成した。

左翼ゲリラは一九八一年から大攻勢に出た。政府軍はアメリカ合衆国からの、そして、左翼ゲリラはニカラグア政府からの支援を受け、エルサルバドルとニカラグアの内戦は複雑にからみ合っていった。

一九八一年からニカラグアへの経済援助を停止したアメリカのレーガン大統領は、コントラを「自由の戦士」と呼び、八五年に二千七百万ドル、八六年には一億ドルの経済・軍事援助を行なった。

イランへの武器売却代金がコントラに流れていたという「イラン・コントラ事件」は、アメリカ合衆国の必死の思いを感じさせる。

米国の庭である中米のソ連化、キューバ化を絶対に阻止したかったのだ。

一方、ソ連はキューバとともにニカラグアの左翼政権を支持し、八五年以降、年間二億から二億六千万ドルの援助を実施したと言われている。

戦いは続き、八一年から八八年までに、ニカラグアで四万九千人、エルサルバドルで六万五千人が戦死した。

ついに、両国はこの消耗戦に耐えられなくなった。

ニカラグアは一九八七年、千四百パーセントのインフレとなり、エルサルバドルもインフレ率六十パーセント、失業率は五十パーセントとなった。

こうしたひどい有様を背景に、中米諸国は緊張緩和に乗り出さざるを得なくなった。

一九八七年七月。中米五カ国首脳が集まり、紛争終結に向けての手順を定めた。これが「グアテマラ合意」だ。

さらに、一九八八年一月には、ニカラグア左翼政権とコントラの初の直接交渉が行なわれた。

米下院は同じく一月にコントラへの援助を否決している。

そして、ついに、ニカラグア政府軍とコントラは一九八八年の四月一日から六十日間の停戦に入った。

しかし、中米の戦火は消えようとはしなかった。

ニカラグア政府対コントラの停戦に先立つ三月十六日、アメリカのレーガン大統領はホンジュラスのアスコナ大統領の要請を受けたとして、米軍三千二百人を派遣する決定を下した。

十八日には、米第82空挺部隊がホンジュラスにパラシュート降下した。

米政府は、ニカラグア革命政府に圧力をかけるために、コントラという札を捨て、隣国のホンジュラスという札を使うことにしたのだった。

さらに、中米には、もうひとつの緊張材料があった。パナマだ。

パナマの最高実力者は国軍司令官のノリエガ将軍だが、麻薬売買、機密売り渡しなど数々の疑惑が持たれ、退陣要求の声が高まった。

退陣を求める声は全国的なゼネストや反政府抗議デモへ発展した。

エリック・デルバイエ大統領はノリエガ国防軍司令官の解任を発表したが、逆に国民議会はデルバイエ大統領を「憲法違反」という訳のわからない理由で解任することを決定したのだった。

ノリエガ将軍は、警察と各軍管区司令官をおさえている。

パナマでは武装兵士による反政府デモの鎮圧、野党指導者の検挙、外国報道陣に対する暴行などといった、徹底した弾圧措置が取られていた。

アメリカはノリエガ将軍に対抗するデルバイエ大統領を支持していたが、強硬措置に出られない事情があった。パナマがアメリカ合衆国の中南米における安全保障政策上、きわめて重要な戦略拠点だからだ。

まず、パナマには、アメリカの独占経営権が認められているパナマ運河がある。

メキシコ以南の中南米地域を管轄する米軍南方司令部がパナマにあり、そこには一万人の米兵が駐留している。

CIAは、パナマに、ニカラグア、キューバなど左翼政権監視の基地を置いている。

さらに、故ケーシーCIA長官は、中南米の情報源としてノリエガ将軍を珍重し、個人的な親交関係すら持っていた。

アメリカは、レーガン政権内部の恥をさらすことなくノリエガ将軍を退陣させたいのだ。だがそれはたいへん難しい。

米フロリダ州の大陪審がノリエガ将軍を麻薬取引の罪で起訴に踏み切った。アメリカ合衆国がノリエガ将軍にかけられる圧力は、その程度のものでしかなかった。

しかし、アメリカがいつまでもこの状態に甘んじているとは誰も思わなかった。

さらに、ノリエガ将軍の軍事独裁体制打倒を旗印として二百二十六団体が所属する「市民十字軍」の動きも無視できなかった。

「市民十字軍」は一九八八年二月二十九日からノリエガ体制への経済的な打撃をねらったゼネストを行なった。

当時パナマの外貨準備はわずか三千万ドルにすぎず、国庫資金は二月末の公務員十六万人の給与七千万ドルを支払うのがやっとだった。

ノリエガ軍事政府はゼネストのために、経済的窮地に追い込まれたのだった。

マヌエリアは、そのために独立したと言っていい。

いわば、この新しい軍事独立国家は、いざというときのノリエガの逃げ場所だと考える人は少なくなかった。

マヌエリアの独裁者、アントニオ・サンチェス将軍は、ノリエガの息のかかった軍人だという噂がささやかれていた。

串木田たちは、三台のジープに別々に乗せられた。

空港を出ると、ジープは旧市街地を通った。まだサンピラトの町は首都としての機能を果たしていない。

店は戸を閉ざし、民家は窓に板を打ちつけている。

旧市街地は石造りの建物が並び、そのまえにテントを張った市《いち》がずらりと出ていたものだが、戒厳令が布かれている現在は、当時の活気が嘘のように静まりかえっていた。サンピラトと名づけられたこの町は、もともとはパナマとコスタリカの国境近くにあった郊外の町にすぎなかった。

串木田は、この小さな町に漂う、異様な雰囲気に当惑していた。

きな臭い雰囲気には慣れているはずだった。中南米の政情不安は今始まったことではない。串木田は、ブラジル支社長として五年近くも中南米を飛び回っているのだ。

しかし、この町の雰囲気には、まるで静電気のように全身の毛を逆なでするような不快感がある。

謀略によってつくられた国だからだろうか？

串木田はそう考えていた。

最近、たいへん過激な反政府ゲリラが誕生し、その裏にはＣＩＡがついているという噂を聞いたことがあった。

今は戦闘は行なわれていない。

その嵐のまえの不気味な静けさ――噴火のまえの地鳴りのような雰囲気があるのだと串木田は思った。

〈それにしても――〉

彼は心のなかでつぶやいていた。〈こんなところで生まれ、育ち、死んでいく一般の人々はいったいどんな気持ちでいるのだろうな〉

石と日干しレンガでつくられた低い町並を彼は眺めていた。

壁のあちらこちらに、銃弾によってけずり取られた跡がある。

時には、爆発によるものとはっきりわかる穴がぽっかり壁にあいていた。

その穴は修繕される様子もなかった。


秘書室長の上原俊夫は、二台目のジープに乗っていた。

彼は、あたりの風景にはまったく興味はなかった。これから起こるであろう一連の出来事に思いを馳せているのだ。

彼と同じ車にホセ・カレロ大佐が乗っていた。

上原はカレロ大佐にスペイン語で話しかけた。

「将軍は本当に会ってくださるのでしょうね?」

助手席のカレロは、上原のほうへ振り向こうともしなかった。蛇のような眼で、フロントガラス越しにまっすぐ正面を見つめている。

彼はそのままの姿勢でこたえた。

「お会いになる。だが……、その必要があるのかね?」

「もちろんですとも。私たちは、新興国の最高首脳と商談をしに行くのですよ」

「何を売りつけようとしているのかは知らんが、将軍は根っからの軍人だ。あまり商売っ気は出さぬことだ」

「私たちは、将軍のお手伝いをしようと思っているんですよ。武器、弾薬、医薬品はもちろん、将来は建築資材、衣類、各種工業用品、食品……、ありとあらゆる種類のものが必要となってくるはずですからね……。それに、将来、お国が正常化したあかつきには、輸出することも考えなくてはなりません。私たちはそれを手伝うことが仕事なのです」

カレロ大佐は、横でハンドルを握っている下士官をちらりと見た。

下士官はよく訓練されていて、ふたりの話にまったく関心を払っていないそぶりをしていた。

「そう……」

カレロ大佐は言った。「それが君たちの仕事のはずだ……」

上原は、おだやかにほほえんだだけで、言葉を返さなかった。

彼は、カレロ大佐があなどれない男だということを知っていた。頭のいい男はおそろしいが、勘の鋭い男も同じくらいにおそろしい。

カレロ大佐は後者だった。

彼は野獣のような勘の持ち主で、なおかつ、きわめて残忍な性格をしていた。

〈この男だけは敵に回したくないものだ〉

上原はそう考えていた。

遠くでかすかに爆発音が聞こえた。迫撃砲の音だった。

営業本部長の佐野次郎は、思わず耳を澄ました。続いて、自動小銃やサブマシンガンの発砲音が聞こえるのではないかと思ったのだ。

どこかで銃撃戦が行なわれるのだと想像するとぞっとした。

だが、銃声は聞こえてこなかった。

続いて、また迫撃砲の爆発音が聞こえた。

佐野は、思わず運転している下士官に尋ねた。

「あの爆発音は何だね？」

下士官はまっすぐまえを見ながら、かすかに笑った。

「わが軍が演習を行なっているのです。あれは迫撃砲ですね」

「演習か……」

佐野はほっとする思いだった。「ゲリラとの実際の戦闘はどの程度の頻度であるのかね」

下士官は肩をすぼめた。

「しょっちゅうですよ」

佐野はまたしてもうんざりとした気分になった。

「しかしね……」

下士官は自慢げに言った。「ゲリラといってもたいしたことありません。素人の集団です。わが軍が完全に制圧しているというのが現状です」

「私の聞いた話とちょっと違うな。ひどく過激なゲリラが現れて手を焼いているという噂だったが……」

下士官は笑い飛ばそうとしたが、うまくいかなかった。彼は急に不機嫌になった。

「自由パナマ戦線！」

吐き捨てるように彼は言った。「われわれはＦＦＰと呼んでいますがね……。ＣＩＡが集めた傭兵だという噂があります」

「それは本当のことかね？」

「さあ……。いずれにしても、そんなやつらの抵抗など長続きしません。偉大なるアントニオ・サンチェス将軍の名において、われわれが叩きつぶして見せますよ」

佐野は、その言葉を額面どおり受け取ることができなかった。

サンチェス体制にとって自由パナマ戦線ＦＦＰはたいへん面倒な存在であることは事実なのだ。

こんな土地から一刻も早く逃げ出したい。佐野は切実に思った。ふやけきった軽薄な日本の文化。それでもいいじゃないかと佐野は考えていた。それも平和なればこそだ……。

「さあ、着きましたよ」

運転していた下士官の声がして、佐野は顔を上げた。

正面に、白い建物が両翼を広げているのが見えてきた。

2

その建物は、かつては緑の芝生と熱帯性の植物に囲まれた、白堊《はくあ》の豪邸だったに違いなかった。

正面のホールがある部分は三階建てで、一部は吹き抜けになっていた。

その両側に翼を広げたように二階建ての居室の棟が続いている。

今は、その表面の漆喰《しっくい》がところどころはげ落ち、おびただしい弾痕が目についた。芝生は荒れ果て、建物の周囲には土嚢《どのう》が積まれ、さらにその外側には有刺鉄線がコイル状に巻かれ張り巡らされていた。

自動小銃を持った、制服姿の歩哨の姿がいたるところで見られた。

以前は、外国人の富豪の別荘だったが、中米の政情が怪しくなってからずっと売りに出されていたのだった。もちろん買い手などいるはずもなかった。

アントニオ・サンチェス将軍は、独立が成功するや、すぐさまここへ堂々と入城し、軍司令部と政府の中枢を置いた。

玄関を入ると吹き抜けだった。床は大理石だ。

この司令部兼将軍官邸内部にも、制服姿の兵士がうようよしていた。

串木田一行は、右翼側の一室に通された。ドアを入ると、正面にアーチ形の飾りのついた窓があった。

その窓にはカーテンが降ろされており、部屋のなかは、薄暗かった。もちろん冷房などはなく、たいへん暑かった。

串木田たちはネクタイをしめ、薄手の生地ではあったがスーツを着ていたので、全身から汗が噴き出すのがわかった。

串木田一行の三人は、横一列に並んで立っていた。

三人の真うしろに、ホセ・カレロ大佐に付き従っていた下士官が立っている。カレロ大佐は三人の部下に合図をした。

三人の下士官は、それぞれ自分のまえにいる日本人の身体検査を始めた。

「何の真似だ……」

串木田がカレロ大佐に不満をぶつけようとした。

「しっ！」

上原秘書室長が串木田を抑えた。「これが彼らの常識なのです。おとなしく従ってください」

串木田は、上原を見てから、不愉快げに鼻を鳴らし、正面に向き直った。

身体検査が終わると、カレロ大佐がうなずき、串木田たちが入って来たのとは別のドアに近づいた。

隣の部屋へ通じるドアだった。

カレロ大佐はノックしてから脇へよけた。ドアがさっと開いた。

小柄な男が勢いよく現れ、窓を避けた位置に置かれた椅子に腰かけた。

串木田たちのために椅子は用意されていない。

串木田は椅子にすわった男に皮肉のひとつも言ってやろうと思った。

〈ここは謁見《えっけん》の間か？〉

だが、その男の顔を見たとたん、言葉を呑み込んでしまった。

椅子にすわったアントニオ・サンチェス将軍は、他人を圧倒する迫力を持っていた。

気力に満ちあふれ、その両眼は精気がみなぎって輝いている。

薄暗い部屋で、彼は光を放っているように見えた。

串木田は悟った。

これは間違いなく謁見なのだ。

この部屋で椅子にすわることが許されるのは将軍ただひとりなのだ。彼は名実ともに、この国の王なのだった。

アントニオ・サンチェス将軍は、三人の日本人を順に見つめた。

三人は暑さを忘れた。眼光で射すくめられたような気がした。

「さて話を始めよう」

サンチェス将軍の声は大きく張りがあった。

彼は確かにカリスマ性があった。人の上に立つためにはなくてはならない要素だ。

カリスマ性自体は善悪の基準では測れない。サンチェス将軍が善人であるか悪人であるかは、彼を見る人が決めることだ。

ただひとつ確かなことは、彼は人々の指導者として適任だということだった。

サンチェス将軍の言葉を受けてカレロ大佐がうなずいた。カレロ大佐は続いて三名の下士官に顎で合図した。

三人は敬礼し、すみやかに部屋を出て行った。

「君もちょっと席を外《はず》してくれたまえ」

上原は佐野に言った。

「はい」

佐野は不審に思いながら言葉に従った。

サンチェス将軍は、ぐいと体を乗り出した。

「おもしろい商談を持ってきてくれたそうだな。私が君たちのような人間に直接会うのはたいへん珍しい。たいていはこのカレロ大佐がすべて処理する」

「存じております」

上原秘書室長が慇懃《いんぎん》に言った。「しかし、今回は特別だということを理解していただきたいのです」

サンチェス将軍はうなずいた。

「当然、それは承知している。だからこうして私が君たちに会っているのだ。ところで、その暑苦しい服装は何のためだね？」

「われわれが民間人であることを強調しているのですよ」

「なるほど、それでは具体的な話に入ろうじゃないか」

上原は話し始めた。


会見はきっかり一時間で終わった。

佐野が部屋に戻された。

話し合いのあとのサンチェス将軍は機嫌が良かった。

「日本人というのは、世界の鼻つまみとしてユダヤ人とナンバーワンを競っているそうだな」

将軍は笑った。「儲けるためになら何でもやるというこの姿勢は、われわれには真似できまいな。そう思わんか、カレロ大佐?」

「おおせのとおりで……」

カレロは、まったく無表情で冷たい眼をしていた。

この暑苦しい部屋にいても、彼だけは平気なように見えた。

将軍が三人の日本人に言った。

「海岸地区に、ちょっと豪華な宿泊施設がある。かつて、パナマのリゾートホテルだった建物だ。カリブ海に面した美しい土地に建っている。今は軍が管理している。しばらくそこに泊まってもらうことになる」

上原はうなずいた。

「やむを得ないでしょう」

串木田は、もはや交渉のすべてを上原にまかせていた。この場では、彼の出る幕はなかった。

串木田はビジネスマンだ。しかし、上原はおそらく、それ以外の能力を持ち合わせている。彼は、間違いなく政治家の素質を持っているのだ。

将軍とのやりとりは、まさに政治家の領分だった。

佐野に至っては、何のために自分がそこにいるのかわからないありさまだった。彼はひとことの発言も求められなかったし、具体的な指示も与えられなかった。大切な商談の最中は席を外すように言われたのだ。

まるで新入社員の研修だ、と彼は思っていた。

「さ、カレロ大佐」

サンチェス将軍は言った。「彼らを、海岸の宿泊施設まで案内してやりたまえ」

将軍は、さっと立ち上がると後も見ずに大股で歩き去り、出て来たドアのむこうへ消えた。

串木田はあっけにとられていた。

「こっちだ」

カレロ大佐が廊下へ出るドアを開けて言った。

三人の日本人はカレロ大佐のほうを見た。大佐は、廊下へ出て行った。廊下には、三名の部下が並んでおり、カレロ大佐が出て行くと気をつけをした。

カレロ大佐は、その下士官たちに言った。

「『カリブの別荘』まで彼らを送って行く」

三人のうち、ひとりがさっと先頭に立って歩き出した。残りのふたりは、最後尾に並んでついた。

「よく訓練されているようじゃないか……？」

串木田は日本語で上原に言った。上原も日本語でこたえた。

「今のところ、軍事力と軍隊の統制だけがこの国の権力のよりどころですからね……」

カレロ大佐が立ち止まり、さっと振り向いた。上原は失策に気づいた。

冷たく底光りする眼で、串木田と上原を見すえ、カレロ大佐は言った。

「今後、会話をするときはスペイン語を使え。日本語で相談することは許さん。われわれのまえで、日本語の会話をしたら、場合によってはその場で撃つ」

彼の言葉は脅《おど》しではないと、三人の日本人は悟った。

「わかりました」

上原はスペイン語でこたえた。「だが、いま、私たちは、あなたたちの軍隊の統制を賞賛していたのですよ」

カレロ大佐は、冷たく上原を見ただけで何も言わなかった。

彼は背を向けて歩き出した。一行もそれにつれて前進した。


マヌエリアの国土のほとんどは、カリブ海低地と呼ばれる熱帯気候の平地だった。北側に、コスタリカからパナマまで走る火山性のタラマンカ山脈が見える。

山のむこうは、太平洋平野で、雨季と乾季がはっきりとわかれているが、そのあたりは、コスタリカとパナマの国境が接しているのだった。

もともとパナマの人口の大部分は太平洋岸に集まっていた。誰だってより雨が少なく、少しでも涼しいところに住みたがるものだ。

サンピラトの町からカリブ海沿岸に出るまでに、ジャングルを通り抜けねばならなかった。

それほど深いジャングルではなく、車が通れる道が造られていたが、その道を通すための苦労は想像を越えるものだったに違いないと串木田は思った。

一時間ほど走ると美しい海岸線が見えてきた。

車は地中海風のこぢんまりとしたホテル風の建物のまえに停まった。

このかつてホテルだった瀟洒《しょうしゃ》な建物の周囲にも有刺鉄線の柵が巡らされており、小銃で武装した兵士が歩き回っていた。

三台のジープは次々と停まった。

そのころには、三人の日本人もとっくに上着を脱ぎ、ネクタイをゆるめていた。

三人の日本人は、『カリブの別荘』とカレロ大佐が呼んだもとホテルのなかに案内された。

ホテル内は、窓が開け放たれており、海からの風が吹き込んでいて、さきほどの将軍官邸よりは、ずっと居心地がよかった。

三人にはひとつの部屋があてがわれた。

もとはツインルームだったのだろう。ベッドがふたつあった。兵士たちによってエキストラベッドがひとつ運び込まれた。

「このあたりは、サンチェス将軍の名にちなんで、サンアントニオと名づけられた」

カレロ大佐が説明した。彼は窓の外を指差した。「あそこに島が見えるだろう。あの島には、ボカスデルトロの町がある。あそこはマヌエリアではなく、パナマの領地だ」

「泳いでいるうちに、あの島にたどり着いてしまったら、不法越境ということで射殺されたりするのかね？」

串木田が尋ねた。

「そういうことにはならないと思う。わがマヌエリアとパナマはたいへん友好的な関係にある。ただ、沖のほうで泳ぐことはやめたほうがいい。鮫が多いのでね」

「なに……。訊いてみただけだよ」

「では、私たちから連絡があるまで、ここを動かないように」

「動きたくとも動けないじゃないか……」

串木田の言葉をあっさりと無視してカレロ大佐は部屋を出て行った。

三人になると、串木田は日本語で言った。「これじゃまるで軟禁じゃないか！」

上原がこたえた。

「しかし、これがいちばん安全なのですよ。ゲリラがいつ攻撃してくるかわからないのです。首都のサンピラトではしょっちゅう戦闘が行なわれているようですし……」

「そういえば、この建物はあまりいたんでませんね……」

佐野が部屋のなかを点検しながら言った。「ほう、シャワーがある……。すごいぞ、ちゃんとお湯が出る」

串木田は佐野から視線を上原に戻して言った。

「どのくらいここで待たされると思う？」

「むこうの準備がととのうまで……。まあ、長くて二、三日でしょう……」

「二、三日ね……」

串木田は苦《にが》りきった様子でつぶやいた。


上原が言ったとおり、三日目の朝、迎えが来た。

その日はカレロ大佐の姿はなく、彼の部下の三人の下士官がやって来た。

「将軍が、もう一度会談したいとのことです」

若い下士官が言った。

三人の日本人は、またしても別々のジープに分乗させられた。

今度は各ジープに銃座がすえられ、ミディアムマシンガンが取り付けられていた。射手の兵士が一名ずつついている。

ミディアムマシンガンは米ストーナー63Aだった。

マヌエリアの兵士はたいていアメリカ製の武器を持っていた。アメリカが、対キューバ、対ニカラグア政策として、パナマや近隣諸国に武器を供給した結果だった。

皮肉なことに、今、軍事政府と反政府ゲリラは、まったく同じアメリカ製の武器で戦っているのだった。

三台のジープは出発した。

じめじめとした暑い一日の始まりだった。

ジープが次々とジャングルのなかの道へ入って行ったとき、異変が起こった。

ジャングルのなかから、軽快な発砲音が響いてきた。

自動小銃をフルオートで発射しているのだ。

「ゲリラだ！」

下士官のひとりが叫んだ。

兵士たちは、ストーナー63Ａにさっと飛びつき、銃声のした方角に掃射した。

「頭を低くして！」

下士官が怒鳴るのを佐野は聞いた。彼は、すぐさま、頭をかかえこんで、膝に押しつけるようにした。腹がつかえて、苦しかったが、銃弾で頭を撃ち抜かれるよりはずっとましのはずだった。

「ジャングルを抜ければ何とかなる」

佐野は、下士官がそう叫ぶのを聞いた。後ろの兵士に言っているのだと思った。

またしても、銃声がした。今度は、道の両側から聞こえた。

兵士は、自動小銃よりはるかに威力のあるマシンガンを撃ち続けていた。

だが、むこうからこちらは見えているが、こちらからむこうは見えていないのだという

ことに佐野は気づいていた。

突如、前方で爆発が起こった。

土くれとともに、細かい金属片が飛来してジープのボディやフロントガラスを叩くのが

わかった。

はるか前方で手榴弾が爆発したのだった。

佐野は恐怖にすくみ上がった。今にも大声を上げそうだった。

ジープは、細い道を外れながら蛇行し、激しく跳ね上がる。佐野は、その衝撃で口のな

かの肉を噛んで切っていた。血の味がした。

再び手榴弾が爆発した。

今度はさきほどよりも近かった。

車が急停止して、佐野は、ダッシュボードに頭をぶつけてしまった。

銃声はまだ続いている。

やがて急にあたりが静かになった。

佐野は、おそるおそる顔を上げた。

自分たちのジープが敵に制圧されているのに気がついた。

浅黒い肌のゲリラたちが、自分に銃口を向けている。

佐野は、うしろに続いていた二台のジープをそっと見た。

二台も同じだった。政府軍の下士官と兵士は頭上に手を組まされ、武装解除されていた。

〈なぜだ……〉

佐野は、ものを考えられる状態ではなかったが、それでも必死に考えようとしていた。

〈なぜこんなことが起こったんだ？〉

政府軍の人間は一カ所に集められた。

串木田支社長が乗っている車に、ゲリラのひとりが乗り込んだ。

佐野と上原は銃を向けられていた。

佐野は、ゲリラたちの目的を悟った。串木田支社長の誘拐《ゆうかい》だ。

佐野はそう思った瞬間、自分でもまったく説明のつかない行動に出た。

彼は後部の銃座にすえられたマシンガンに飛びついたのだった。そこに至るまでに、彼の頭のなかに、なぜか妻子の顔が浮かんだ。

佐野は訳のわからないことを叫んでいた。

ストーナー63Aは、射手が撃っていた状態のままだったので、トリガーを引くだけで弾丸が飛び出した。

ストーナー63Aは、つかの間の静けさを破った。弾はまったくでたらめな方向に飛んだ。その場にいた全員が、佐野のほうを見た。

佐野は、そのときの行動をひどく後悔することになるだろう、と頭の片隅でぼんやり考えていた。

しかし、彼は永遠に後悔などできなくなった。

ゲリラのひとりが、反射的にM16ライフルを腰だめに構えて連射した。

佐野営業本部長は、あっという間に五発の弾を胸にくらっていた。そのうち二発は確実に心臓を貫いた。

佐野は着弾の衝撃で両手両足をばらばらに振り、後方に吹っ飛んだ。ジープから転げ落ちる。

彼は、自分が地面に落下したことさえ気がつかなかった。そのときは、すでに息絶えていた。

佐野はあおむけに倒れていた。光を失った眼はジャングルの木々の間からのぞく青い空を睨《にら》んでいた。

M16の高速弾は、佐野の胸に小さな穴をあけて体内に入り、背から抜けるときに、すりばち状の大きな穴を作った。

彼の背の下にゆっくりと大きな血だまりができていった。

3

佐竹竜《さたけりゅう》は、森のなかで意識を凝らしていた。

森は針葉樹と広葉樹が混じり合った北国独特のたたずまいを見せていた。成熟した森で下生えが少なく、黒々とした腐植土が露出している。

佐竹は迷彩服を着ていた。モミの大木があり、彼は、その幹に、ぴったりと背をくっつけていた。

銃は持っていなかった。

彼は、自分を襲おうとしている相手の動きを捉えようと、五感を澄ました。

相手も動きを止めている。

佐竹は、誘い出すことにした。

姿勢を低くして、慎重に移動を始めた。シイの木に、太い蔓《つる》が幾重にも重なって巻きついているのが見えた。

恰好の隠れ場所だと思った。

佐竹竜は、そこにさっと近づいた。敵は間近にいるはずだった。

蔓に囲まれたシイの木の根元に膝をついたとき、すぐうしろの藪《やぶ》が鳴った。

佐竹に振り向く暇はなかった。

彼は、体を地面に投げ出した。相手は、上からおおいかぶさって、佐竹を無力化しようとする。

佐竹は倒れたままの状態から、足を振り上げた。

足は膝を中心に鋭く弧を描いて、迫り来る相手の側頭部に決まった。

佐竹の倒れた状態からの回し蹴りは完全に相手の意表をついた。

相手はもんどり打って横に倒れた。

佐竹は起き上がった。体勢をととのえる時間がかせげた。

相手も素早く立ち上がった。体重を乗せられない蹴りは一時しのぎにしかすぎない。たいしたダメージは与えられないのだ。

相手は手にナイフを持っていた。

佐竹は素手だった。

たとえ、カミソリの刃一枚でも、得物を持っているということは、決定的な優位を物語っている。

佐竹はそのことを熟知していたので、うかつな行動は決して取らなかった。

また、彼は、ナイフによる格闘でいちばん注意しなければならないのは、手首だということも知っていた。

手首は、相手から見ると最も近い急所なのだ。

ナイフのプロになると、必ずといっていいほど、手首を狙ってくる。そして、その狙いは十中八九成功する。

この相手はナイフに熟練している。きっ先の延長線が常に佐竹の手首を狙っている。

この場合、待ち身は不利だった。

ただ闇雲に突いてきたり、突っこんでくる相手なら、それほどおそろしくはなかった。

そういう相手は、待ち身でさばくのが一番なのだ。

今、目のまえにいるような相手には、最初の一撃で、確実に深手を負わされることになる。

先に出なければならないのだ。フェイントはかえって命取りになる。

佐竹は、一歩大きく踏み出した。予備動作はまったく見せなかった。

ただ前進したのではなかった。そのまま、踏み出した足を滑らせ、体を流した。野球のスライディングのような形だった。

そのまま体の流れる勢いを利用して後方にあった足を振り出して相手の膝を蹴る。

相手は佐竹の動きをまったく予測できなかった。膝にひどいダメージを受け、後方へよろよろと退《さ》がった。まったく無防備になる。

佐竹は、さっと地面に両手をついて伏せた。その状態から、逆立ちするような形で、踵《かかと》で相手の顔面を蹴り上げる。

さらに身軽に起き上がると、佐竹竜は相手のダメージが回復しないうちに、さっと間をつめた。

相手はあわてて退がろうとしたが、佐竹はその動きを予測して間をあけさせなかった。

相手はナイフを振って佐竹に退がらせようとした。佐竹は、その右手の肘《ひじ》を抑え、ナイフによる攻撃をたやすく封じてしまった。

一般的な空手やボクシングなどよりはるかに近いこの間合いは、佐竹が学んだ武術の得意の間合いなのだった。

肘を抑えられた相手は、窮屈そうに身をよじり、左手のパンチを見舞ってきた。苦しまぎれのパンチだったので、まったく切れがない。

佐竹は、その左手の肘も抑え込んだ。相手の両方の肘を重ねて、相手の胸に押しつけるようにする。

不思議なもので、それだけで相手は動けなくなった。

佐竹は、開掌のまま、フック気味に相手の顔面を打った。手首に近い掌底《しょうてい》と呼ばれる部分が、ちょうど顎に当たった。

さらに、同じほうの手で、同様に開掌のまま、正面から相手の顔面を打った。

すると、相手はまったく傷ついていないのに、がくりと膝をついてしまった。

まるで泥酔したように、眼の焦点が合わなくなり、足が言うことをきかなくなっている。

相手は何が起こったかわからなかったはずだ。

佐竹は、巧みに脳震盪《のうしんとう》を起こすような打ちかたをしたのだ。

彼は相手のナイフを持った腕を逆関節に決め、相手をうつぶせに地面に抑えつける。

相手はナイフを落とした。

佐竹は、関節技《わざ》を決めたまま相手の首にナイフをあてがった。

「そこまでだ」

佐竹の後方で声がした。

佐竹は、まったくためらわずに、その声のほうにナイフを投げた。

ナイフはまっすぐに飛び、無防備に立っていた声の主の胸の中央に命中した。

チームリーダー兼、教官のミスタ・ホワイトは自分の胸に当たったものをしげしげと見つめた。

胸に当たった格闘訓練用のラバーナイフは、地面に落ちた。

本物のナイフだったら、もちろんミスタ・ホワイトの胸に深々と突き刺さっているはずだった。

ミスタ・ホワイトは銀髪に、素晴らしく青い眼を持っている。いかつい顔は、アイルランド人であることを物語っている。

厚い胸と太い腰——典型的な職業軍人の体格をしていた。

彼は佐竹とまったく同じ迷彩服を着ている。

一方の佐竹竜は、軍人とは言い難い体格をしていた。身長もそれほど高くないし、たった今、格闘訓練の相手をしたデービッド・ワイズマンやミスタ・ホワイトと比べると、見劣りがした。

にもかかわらず、佐竹の評価は決して悪くなかった。

格闘技において、彼を負かせる人間がいないのだった。

ミスタ・ホワイトは言った。

「私としたことが、とんだあやまちを犯したものだ」

「死人は言い訳などできないんですよ」

「違いない。ところで君は、今のが本物のナイフだったとしても投げたかね？」

「もし、という話はあまり考えないことにしているんです。あなたたち西欧人の言いかたを借りれば、神のみぞ知るというところですね」

ミスタ・ホワイトは肩をすぼめた。

「いずれにしろ、評価Aだ。ワイズマンはだいじょうぶかね？」

佐竹は、まだ地面の上にすわり込んでぼんやりとしているデービッド・ワイズマンを見た。

ワイズマンは、茶色の眼に砂色の髪を持つ三十五歳のベテラン戦士だ。鷲鼻が特徴的で、一目でユダヤ系とわかる。

「だいじょうぶです。すぐにもとどおりになります」

ワイズマンは、佐竹のほうを見た。

「この野郎。俺に何をやりやがった？」

「いったい何が起こったんだ？」

ミスタ・ホワイトはワイズマンに尋ねた。

ワイズマンはミスタ・ホワイトに言った。

「こいつはニンジャの不思議な術を使ったんだ。俺の両手は、あいつの片手で抑えられたとたん動かせなくなった。そして、二発くらったら、まるで酔っぱらったみたいな気分になっちまった。どんなパンチだって、ああはならないもんだ」

「そんなことはないさ」

佐竹は言った。「合理的に体を使えば小さな動きで、でかい相手を手玉に取ることができる」

「合理的？　そいつは俺たち西欧人の専売特許だと思っていたんだがな」

「そんなことないわ」

シイの木の陰から、美しい東洋女性が現れた。長いつややかな黒髪をうしろで束ねている。彼女が、このチームの四人目のメンバー、李文華《リー・ウェンファ》だった。彼女は香港出身で英語名はマーガレット・リーと言った。「最新の量子物理学は、中国の哲学に近づきつつあるわ。合理的という言葉に対する観点が違うのね」

彼女も三人と同じ迷彩の入った野戦服を着ていた。肩は細く、ウエストはさらにくびれ、胸は丸く盛り上がっている。色が白く、眼は黒眼がちでうるんでいるように輝いている。

「おい、マーガレット」

ワイズマンは言った。「それなら、リュウのやつが何をやったのか説明できるよな？」

「もちろん」

彼女はほほえんだ。

「説明してくれたまえ」

ホワイトが言った。「その技術を理解することは、たいへん有効だ」

マーガレット・リーは、佐竹を見た。

佐竹は、「どうぞ」と言う代わりに肩をすくめて見せた。

「まず、リュウは、デービッドの隙を見て、徹底的に接近したわ。勝負の六、七割はここで決まったの。これは、中国武術の技法にも多く見られるわ。代表的なのは、太極拳ね。太極拳の対打では、相手に密着して技を出させないようにするのよ」

「確かに密着されると有効なパンチやキックは出せない。だが、リュウは、俺に妙なパンチを打ち込んだ」

「そう。その点が合理的なわけよ。デービッドの両手をたやすく片手で抑え込んだのは、テコの原理を応用したからよ。あなたは、自分の左手で自分の右手を抑えていたのよ。そして、リュウはナックルではなくて、てのひらでデービッドの顔を打った。これがふたつめのポイントね」

「ナックルのほうがダメージが大きい気がするんだがな……」

ワイズマンはつぶやくように言った。

「西欧の格闘技は骨を考えている。でも、東洋の格闘技は骨の内側を考えているのよ」

「骨の内側……」

「そう。今の場合は頭蓋骨の内側ね。ナックルで殴ると、力は一点に集中し、骨とナックルの間にある皮膚や筋肉をいためて、時には切り裂く。でも、てのひらで打つと、衝撃が骨の内側に伝わっていくの。つまり、脳震盪を起こさせるわけ。中国にも八卦掌《はっけしょう》というてのひらだけを使う武術があって奥義《おうぎ》とされているわ」

「じゃあ、リュウは、中国武術のテクニックを使ったというのか？」

「似ているけど違うわ」

佐竹竜が口を開いた。

「古くからわが家に伝わる日本独自の武術だ。『源角《みなもとのかく》』とうちは呼んでいる」

「カラテやニンジュツとは違うのか？」

「共通する部分もあるし、異なるところもある」

そのとき、ホワイトの胸のポケットから、断続的な電子音が聞こえてきた。

それがチームリーダーたちへの非常召集であることは、皆知っていた。

ホワイトは胸から小型の受信機を取り出し、ベルのスイッチを切った。

「よし」

彼は言った。「きょうの訓練はここまでだ。宿舎で待機していてくれ」

佐竹、ワイズマン、マーガレットの三人は立ち上がり挙手の敬礼をした。彼らは軍隊の規範に従っていた。

彼らが所属しているのは間違いなく軍隊なのだった。

佐竹竜たちの訓練所は、西ドイツのローデンブルクのはるか郊外にあった。

マンハイムからハイデルベルク、そしてローデンブルクを通り、ニュルンベルクまでの道は『古城街道』と呼ばれている。

美しい森と河と湖、そして古い城が続く道だ。

戦闘訓練をしていた森をしばらく進むと、いくつものコテージ風の建物が見えてきた。金持ちの別荘のように見えるが、ここが佐竹たちの宿舎——いわば兵営だった。

もちろん、兵営と呼ぶにはたいへん豪華な施設だった。

宿舎のそばにヘリコプターがあり、エンジンをあたためていた。

周囲では、そのローターにあおられ、土埃《つちぼこり》や木の葉が舞っていた。

佐竹たちとともに宿舎まで戻ったホワイトは、すぐにそのHU—1B、通称イロコイに乗り込んだ。

他のチームリーダーたちも次々とヘリコプターに乗り込む。七名のチームリーダーすべてが乗り込むと、エンジン音が上がり、HU—1Bはふわりと離陸した。

ヘリコプターは、バンクして方向を変えるとたちまち飛び去った。

それを見上げていた佐竹竜は、隣にいたワイズマンに言った。

「また仕事かな……」

「なんだ、リュウ。仕事をやりたくないような口振りだな。仕事がなけりゃ、俺たちは食っていけないんだぜ」

「だが、僕らが仕事をするということは、たいていは何人かの人間が死ぬということだ」

ワイズマンは、にやりと笑って佐竹を見た。

「俺はおまえさんのそういうところが好きだ。おい、マーガレット、坊やにミルクの時間だ」

「わかってるよ、デービッド。あんたは今の仕事に慣れている。かつてはアメリカの陸軍特殊部隊にいたんだし、その後は傭兵として、あらゆる紛争地域で戦っている」

「そうとも、慣れることが大切なんだ。リュウ、おまえさんだって、商社を辞めて、この道を選んだんだ。忘れんことだ。ここは軍隊だ。どこの国にも属してはいないが、れっきとした軍隊なんだよ。それが気に入らないのなら、すぐに荷物をまとめて出て行くことだ」

「デービッドの言うとおりだわ」

李文華――マーガレット・リーが言った。「確かにあなたは、私たちに比べて実戦経験は少ない。何年かまえまでは、ビジネスマンだったんですものね。でも、軍隊に入ったからには、その人の過去がどうだったかなんて関係ないのよ」

「わかってるって言ってるだろう……」

マーガレット・リーは、英国情報部の香港支部で工作員をやっていた。

「いいえ、わかってるとは思えないわ。純粋に戦いのなかへ入っていき、勝利することだけを考えなければならないのよ。そうでない兵士は仲間を危険にさらすことになる」

「おい、マーガレット」

ワイズマンが、皮肉な笑いを浮かべて言った。「もうそれくらいにしてやれよ」

マーガレットは佐竹を見つめ、そして、ワイズマンに視線を移した。

ワイズマンはあいかわらず皮肉な笑いを浮かべていた。

マーガレットは、気分を害したように、さっさとコテージのなかへ入って行った。

ワイズマンは佐竹に言った。

「おい、気づいてるんだろうな」

「何のことだ」

「マーガレットはおまえさんのことを心配してるんだよ、この色男」

ワイズマンは佐竹にボディブローを見舞ってから、高々と笑いながら、コテージのなかへ消えた。


ネッカー川と古城の町、ハイデルベルク。その郊外の森のなかに『ゴールドの城』と呼ばれる大邸宅があった。

滅多に観光客も訪れない土地に建っていたが、たまに通りかかる観光客はホテルか何かと間違える。城の名に恥じない邸宅だった。

敷地内の中庭に照明設備のそろったヘリポートがあり、夜間の離着陸も可能となっていた。

日が暮れかかったころ、その中庭のヘリポートにHU―1Bヘリコプターが着陸した。七人のチームリーダーは、『ゴールドの城』まで駆け足で進んだ。

彼らが食堂に現れたときは、野戦服からタキシードに着替えていた。

主人の席には、六十歳前後の典型的な北方アーリアン民族の顔立ちをした男がすわっていた。白い髪をていねいにオールバックに固め、白い豊かなひげをたくわえている。

彼が、ミスタ・ゴールドと呼ばれるこの大邸宅の主人だった。

七人のチームリーダーが次々と席に着いた。彼らは、すべてコードネームで呼ばれていた。ミスタ・ゴールドというのも本名ではない。

ゴールドの次の席に着いたのはミスタ・シルバーと呼ばれる五十歳ぐらいの細身の男だった。

彼はゴールドと同じく北方アーリアン系の特徴を持っていた。青い眼と金色の髪を持っている。

シルバーの向かい側にはミスタ・ブラウンがすわった。ブラウンは、茶色の髪に茶色の眼をしたラテン系ヨーロッパ人だった。

シルバーの次に、ミスタ・ブラックがすわる。ブラックは神秘的な眼をした日本人だ。

その向かいにミスタ・ホワイトがすわった。

ミスタ・パープルはアメリカ黒人。ミスタ・バーミリオンは南米人で、その名のとおり情熱的なタイプだった。黒い髪と黒いひげは、生まれつきくるくるとカールしている。ミスタ・グリーンは物静かなカナダ人で、どちらかといえば背が低くフランス人的な特徴を持っている。

ミスタ・ゴールドは全員が席に着き終わるのを満足げに眺めていた。

彼は、低くよく響き渡る声で言った。

「ようこそ。わが『切り札部隊《トランプ・フォース》』のチームリーダーたち。さっそく用件に入ろう」

給仕が現れて、皆に、その日のメニューとともに、マニラ紙のファイルを配った。

4

一九八〇年代後半、国際テロにある変化が見え始めた。

東西、あるいは右派、左派に関係なくテロが行なわれることが多くなってきたのだった。これは、各テロ組織が、その主義主張に関係なく互いに連携し始めたことを意味している。

組織同士で交換テロを行ない、捜査・警備当局を混乱させることもあった。

その連携の陰にはフィクサー的な組織が暗躍しているらしいことが明らかになってきた。

ミスタ・ゴールドは、そのテロ組織のフィクサーに対抗するために、『切り札部隊《トランプ・フォース》』を組織したのだった。

『切り札部隊《トランプ・フォース》』は、ミスタ・ゴールドが西側の主だった首脳と何度も会談を重ねて国際的に承認された超国家的対テロ用特殊部隊だった。

TRUMP《トランプ》は、Task force（機動部隊）、Rescue（救助）、Undertake（保証）、Military Party（軍団）の頭文字でもある。

『トランプ・フォース』は、各国政府あるいは、それに準じる組織からの要請があった場合、すみやかにその国へ急行することになっている。

ミスタ・ゴールドは、この軍隊を組織・運営するための資金をすべて負担していた。

各国首脳との会談の段取りも、すべて彼個人が行なった。

それは莫大な財力と、強力な権限を意味するが、ミスタ・ゴールドの真の立場、素顔の正体を知る者はほとんどいなかった。

厳密に言えば、『切り札部隊《トランプ・フォース》』内でも、ミスタ・ゴールドの素性について何かを語れるのは、参謀役のシルバーただひとりだった。

そして、シルバーはそのことを口にすることはなかった。

各チームリーダーたちに必要なのは、ミスタ・ゴールドの正体を怪しむことではない。国際的なテロリズムに断固として立ち向かい、ミスタ・ゴールドの軍団の名をはずかしめないようにすることなのだ。


食事をしながら、説明が始まった。

ミスタ・ゴールドは、ファイルを開くように言った。

全員がいったん、ナイフとフォークを置き、ファイルを開いた。

「マヌエリア……」

ミスタ・ゴールドが言った。「中米にできた新しい独立国だ。まずその国についての資料を読んでいただきたい」

ミスタ・ゴールドは、全員の表情を観察するように見回した。

彼の視線は、バーミリオンのところで止まった。

バーミリオンは無表情を装っているが、抑えがたい感情が表に現れていた。もともと感情豊かなラテン系南米人だ。感情を押し殺すことがあまり得意ではないのだった。

「バーミリオン……」

ミスタ・ゴールドはおだやかに呼びかけた。

バーミリオンは、はっと顔を上げた。

「何か……？」

「マヌエリアに関して、個人的な思惑があるのかね？」

「いいえ、決してそのようなことは……」

「この席では嘘やまやかしは許されない。これは作戦会議なのだ」

「心得ております」

「君は、マヌエリアと聞いて明らかに動揺した。私はその理由が知りたい」

バーミリオンは、ミスタ・ゴールドから眼をそらし、しばらく無言で考えていた。

やがて彼は諦《あきら》めたように天を仰ぎ、両手を大きく上げて見せた。ラテン系らしい派手な身振りだった。

彼は話し出した。

「問題はマヌエリアではありません。パナマです。パナマのノリエガ将軍なのです。マヌエリアは、住民が望んで独立した国ではありません、ノリエガ将軍の避難場所として、軍部の計略で独立した国なのです」

「そういう噂は聞いている」

ミスタ・シルバーがゴールドに代わって言った。「しかし、それが事実かどうかは誰も知らない」

「事実なのです」

バーミリオンは言った。「私はその種の情報を握っております。一九八八年の四月、ノリエガに圧力をかけるため、米軍が、パナマに増援部隊を送り込んだことがあります。その際にノリエガは民兵をつのり、ノリエガを支援する外人部隊が続々とパナマ入りしたことがあります。こうした傭兵部隊はたやすく立場を変えます。その種の連中から軍内部の情報を得ていたことがあるのです。マヌエリアは、明らかに、軍事独裁者ノリエガの別荘地としてつくられた国なのです」

「それで、君はそのことを快く思っていないというわけだね？」

ミスタ・シルバーが尋ねた。

「ええ。ひかえめに言えば、そういうことになります。実際、私は、ノリエガに対して怒りを感じています」

ミスタ・ゴールドはしばらくバーミリオンを見つめていたが、彼に対しては特に何も言わず、話を先に進めた。

「そのマヌエリアで誘拐事件が発生した。誘拐されたのは、日本の商社『丸和商事』のブラジル支社長・ショウゴ・クシキダ、五十六歳。その際に、同行していた、同じ会社の日本人、ジロウ・サノ、四十歳が射殺されている。それぞれの写真および、プロフィール、誘拐の際の現場の様子などは、詳しくファイルに書かれている」

一同は、ファイルを読み進んだ。

ミスタ・ゴールドの説明が続いた。

「マヌエリア軍のスポークスマンは、犯行は反政府ゲリラの自由パナマ戦線——通称ＦＦＰによるものだと発表した。犯行の約一時間後、近隣諸国のマスコミ諸機関に対してＦＦＰからの犯行声明がとどいた。マヌエリアの捜査当局も、この誘拐はＦＦＰによるものだと断定している。ＦＦＰの要求は、マヌエリア軍によってとらえられている反政府運動家たちの即時釈放だ。マヌエリア軍は、当然これを無視しようとしている。マヌエリア軍は武力でＦＦＰを制圧できると考えているのだ。マヌエリア軍は、ここで一気にＦＦＰを叩き、その勢力を世界に誇示しようとしている。おそらくそのためには、日本の商社マンの命を犠牲にしていいと考えているだろう」

誰も何も言わなかった。ミスタ・ゴールドの言葉を納得していたし、彼が話し終わるまで勝手に発言しないことがルールになっていた。

「だが、その商社マンの命を第一に考える人々がいた。仲間の日本人たちだ。日本の警察は現地での捜査権を軍政府に申し入れた。しかし、今のところ、許可はおりていない。誘拐された日本人が勤めていた丸和商事が『切り札部隊《トランプ・フォース》』の出動を要請したのだ。われわれは、人質を救出することで、マヌエリア軍とFFPの――もっとありていに言えば、マヌエリア軍とCIAの全面的な衝突を避けられると判断した」

何人かのチームリーダーが驚いて顔を上げた。

『トランプ・フォース』は原則として、一国の政府の要請で出動することになっていた。ただの企業が彼らを動かしたことはこれまで一度もない。

事態はそれだけ複雑だということだった。

現地では、誘拐事件を解決できるほどの秩序が保たれていないということを物語っていた。

「今回の任務は、誘拐された丸和商事ブラジル支社長、ショウゴ・クシキダの救出だ。二チームによる作戦とする。質問は？」

ミスタ・ブラックが即座に言った。

「いったい何だって日本の商社の人間が、マヌエリアなんかで誘拐事件に遭ったりしたんですか？」

他のチームリーダーはブラックに注目した。ブラックが日本人であることを皆知っていた。

ミスタ・ゴールドは答えた。

「丸和商事は、秘密裡にマヌエリアの最高指導者であるアントニオ・サンチェスと何らかの交渉を持っていたようだ」

「何らかの交渉……？　それは商談を意味しているのですか？」

「そう考えるのが自然だろう」

「すごいな……」

ラテン系ヨーロッパ人のブラウンが言った。「君の同胞は、儲けるためならどこへでも行くらしいな」

「十五世紀の君たちの祖先にはかなわないよ」

ブラックは言い返した。

「ＦＦＰのうしろにはＣＩＡがついているということですが――」

グリーンが次に質問した。「彼らは今回の事件についてどういう態度を取っているのですか？」

「マヌエリアは基本的に米軍の駐屯を認めていない。したがってマヌエリア国内で米軍はいっさい活動をしていない。また、CIAおよび米政府は当然のことながら、いっさいノーコメントだ。自分たちは何の関係もないと言明している」

「われわれはFFPと戦うことになるのでしょうね？」

アメリカ黒人のパープルが尋ねた。

「止むを得んだろうな。だが、作戦の第一の目的は人質の救出だ」

「もし、FFPのいる藪《やぶ》をつついて、CIAが出てくるようなことがあったらどうします？」

パープルはさらに尋ねた。

中米紛争には米ソ大国の思惑が強く反映していることを、彼は切実に感じ取っているのだった。

「われわれの身分を明かしたまえ。私が米政府と政治的な交渉を行なう」

「もし、そんな暇がなかったら？」

「死なないようにすることだ。方法は問わん。だが、CIAを敵に回して戦うのは最後の最後まで回避してほしい。現在、CIAは、『トランプ・フォース』の協力機関のひとつでもあるのだから……」

「それならば、CIAからFFPの犯行についての情報をもらえばいいと思うのですが……」

「さきほども言ったとおり、米政府ならびにＣＩＡは、今回の事件に関しては、まったく無関係だという立場を貫いておる。ＣＩＡが情報をくれるというのは考えられんことだな。そんなことをすれば、ＣＩＡとＦＦＰの関係を自ら暴露したことになるからな……」

パープルは苦《にが》い顔でうなずいた。

「ひとりだけ無事な日本人がいますね……」

ホワイトがファイルを見つめながら言った。

「そう……」

ミスタ・ゴールドはうなずいた。「秘書室長のトシオ・ウエハラ……。彼が『トランプ・フォース』の出動を要請してきたのだ。民間人でわれわれの存在を知っている者は、きわめて稀なのだが……。気になるかね？」

「ええ、まあ……」

ホワイトは曖昧にこたえた。

「しかし、今や日本の商社というのは一国の諜報機関をもしのぐ情報網を持っているという。『トランプ・フォース』のことを知っている民間人がいるとしても不思議はない。大切なのは、われわれが決して表立って行動しないということだ」

「そうですね……」

質問は一段落した。

ミスタ・シルバーが、実務的な話に入った。

「さて、二チームでの作戦ということだが、一チームについてはすでに議論の必要はないと思う。バーミリオン、君のチームは四人ともラテンアメリカ系だったね」

「そうです」

「もし君が、あるいは君のチームのメンバーが、個人的な思惑にとらわれて、任務に支障をきたすおそれがあるというなら話は別だ。だが、そのような心配がないのなら、君のチームは今回の任務にうってつけだと思うが……」

バーミリオンは、まっすぐにシルバーを見て、きっぱりと言った。

「ご安心ください。任務にまったく支障はありません」

シルバーは満足げにうなずいた。

「さらにもう一チームということになるが……」

ブラックが言った。

「私が行きましょう。日本人が関《かか》わっていることですから……」

「そうだね」

シルバーはうなずいた。「それがいいかもしれない」

「待ってください」

ホワイトが言う。「ブラックは確かに日本人です。でも、彼のチームのメンバーはすべてアメリカ人です」

「何が言いたい？」

ブラックが尋ねた。

「わがチームのほうが適任だということだ」

ホワイトはミスタ・ゴールドとシルバーのほうを向いて続けた。「私のチームのひとりは日本人で、なおかつ商社に勤めていた経験もあります。さらに、もうひとり東洋人の女性がおり、マヌエリアの人間には日本人と見分けがつかないでしょう。これは、さまざまな場面でたいへん便利だということを意味していると思うのですが……」

シルバーはブラックを見た。

「どう思うね？」

ブラックは、ほんの一瞬、ホワイトに対する反感を見せたが、すぐに考え直したようだった。もともとすぐれた判断力の持ち主だった。

「ホワイトの言うこともうなずけますね……」

シルバーはうなずいた。

「それでは決定だ。今回の任務は、バーミリオン・チームとホワイト・チームに担当してもらう。なお、バックアップとして、ブラック・チームには、アメリカ合衆国内で待機してもらうことにしよう。以上だ」

人々は食事に戻った。

給仕がタイミングよくコーヒーのポットを持って現れる。彼がホワイトの席まで来たときにそっと言った。

「少々お待ちを。あなたはコーヒーではなく紅茶をお望みなのでしょう」

ホワイトはほほえんだ。

「そう。できれば、それだけは譲りたくないんだ」

ヘリコプターでローデンブルク郊外の宿舎に戻ったホワイトは、ただちに佐竹竜、デービッド・ワイズマン、マーガレット・リーの三人に状況説明《ブリーフィング》をした。

「救出作戦か……」

ワイズマンがつぶやいた。「最もデリケートでやっかいな仕事だ」

「そのとおり」

ホワイトはうなずいた。「ゲリラを殲滅《せんめつ》しろと言われたほうがはるかにやりやすい。われわれは相手を刺激してはならない。相手が逆上して人質を殺せば、その瞬間に作戦は失敗したことになる」

「それで、人質はどこにとらえられているのですか?」

佐竹が尋ねると、ホワイトは地図を広げた。

「マヌエリアの中心地は、首都のサンピラトがあるこのあたりだ」

彼は地図のある一帯を指差した。「そして、この中心部から海岸地帯へ向かう途中にちょっとしたジャングルが横たわっている。ゲリラたちは、このジャングルを本拠地としているらしい。人質はおそらくここにいる。もし、ここにいなくても、FFPの本拠地を攻めることで有力な情報を得られるだろう」

「ジャングル戦か……」

ワイズマンはうんざりとした口調で言った。

「君は経験豊富なはずだな」

ホワイトがワイズマンに訊き返した。

「インドシナでいやというほど経験しているよ。実を言うと、南米も初めてじゃないんだ。ニカラグアで戦ったことがある。あそこの息苦しいジャングルと、密生したマングローブにはほとほと手を焼いたね」

「どちらの側についたんだね？」

「金払いのいいほうさ。アメリカが『自由の戦士』と呼んだ側だ」

「コントラか……」

「そう。『自由の戦士』が聞いてあきれるがね……。世間ではコントラはイデオロギーの上で革命政府に抵抗しているように思われているがね、実際にはやつらはＣＩＡが持ち込む金にむらがる山賊でしかないんだ。あそこで戦った者なら、誰でもこのことを知っている。アメリカがコントラへの援助をやめた本当の原因はそのへんにあるんじゃないかと思うくらいさ」

「では、今回のＦＦＰもそういったやつらだということかね？」

「当然そうだろうと思う。パナマの市民十字軍は中産階級が基盤となったいわば、まっとうな連中だ。抵抗の方法もゼネストやデモ行進といった穏健なものだ。だがＦＦＰはゲリラ行動を取る。市民十字軍などとはまったく別の組織と考えるべきだ。どだい、誘拐などやるのはろくな連中じゃない」

「なるほど……。中米の情報に明るい人間がいて心強いよ。そちらの情報収集は、主にバーミリオン・チームがやってくれることになっている。私たちのチームは、徹底した隠密《おんみつ》行動を取ることになると思う」

「隠密行動？」

マーガレットが訊き返した。

「そう。おそらくは、丸和商事の社員になりすますことになるだろう」

「社員にですって？」

今度は、佐竹が言った。

「そうだ。もちろん、それは君とマーガレットの役目だ」

佐竹竜は、背広にネクタイを身につけ、久し振りに商社マンの気分を思い出していた。彼はかつて、日本で五本の指に入る大手商社に勤めていたのだった。会社では将来を嘱望されるエリートだった。

ニューヨークへの転勤が彼の人生を変えた。ニューヨークの自由な雰囲気は、これまで彼がまったく経験したことのないものだった。

5

佐竹竜は青森県三厩《みんまや》村の出身だった。三厩村は津軽半島の北の果て、竜飛《たっぴ》崎へ向かう鉄道の最後の駅があるところであり、青函トンネルの本州側の出入口がある村だ。

三厩村には、義経伝説が残っている。

源義経の主従一行は頼朝の激しい追撃に遭い、本州の北のはずれにたどり着いた。蝦夷《えぞ》の島の島影をまえに、そこでどうすることもできなくなった。目のまえには、津軽の海峡が横たわっている。

義経は海上にそびえ立つ奇妙な形の岩に三日三晩端座し、観世音大菩薩に助けを乞うた。

それが『厩石《うまやいし》』だと言われている。

するると、夢のなかに白髪の老人が現れ、『岩のなかに三頭の竜馬《りゅうば》がいるので、それで海を渡れ』と言った。三頭の竜馬をつないだ岩穴があるところから、この浦を三つの馬屋、三馬屋と呼ぶようになり、三厩の名の由来となった。

義経がその後、北海道へ行き、さらにモンゴルへ渡ってジンギス汗となったという俗説がある。

この話は一般に眉つばとされているが、実は深い事実が裏に隠されている。

源義経は、藤原秀衡《ふじわらのひでひら》を頼って平泉に逃れ、秀衡の死後、その子藤原泰衡《やすひら》の襲撃に遭い、妻子とともに衣川館《ころもがわのたて》で自害したというのが歴史上の通説になっている。

それが文治五年、一一八九年の閏四月三十日のことだった。

一方、ジンギス汗がモンゴルの部族を統一したのが、ちょうど一一八九年ごろだと言われている。

源氏は馬を使った戦いが得意だった。このことは源氏の出自におおいに関係がある。

一説には『源は元』と言われているのだ。つまり、源氏の先祖はモンゴル系の騎馬民族だというのだ。

義経がジンギス汗になったのが事実だとしても、彼は民族の故郷に戻ったにすぎないのかもしれない。

佐竹竜にとって大切なのは、義経伝説そのものではない。

彼の家に代々伝わっている『源角《みなもとのかく》』という拳法が重要なのだった。

『角』というと、現在では、角界などというように相撲を連想するが、古代の日本では、突き、蹴り、投げなどの要素があった総合的な格闘技だったようだ。

もともと『摔角《そっかく》』あるいは『角抵《かくてい》』と呼ばれたモンゴル系の格闘技だった。モンゴル系の武術が源氏に伝わっているのはうなずける。

もっとも、佐竹は、『源角』が義経によって伝えられたという話には疑いを抱いていた。源氏にゆかりのある武士がこの土地へやって来て伝えた可能性もある。そうだとしたらその武士が佐竹竜の祖先ということになるだろう。

佐竹というのは源氏直系の姓なのだ。

竜は『源角』を幼いころから、父親の辰範《たつのり》から教え込まれていた。父は村役場に勤める公務員だった。

佐竹竜は、父から事実上の皆伝をもらっていた。父の辰範は形式にはこだわらない人間だった。

『源角』はきわめて実戦的な拳法だった。

主な技《わざ》は打ちと蹴りだった。『打ち』というのは空手や拳法で言う突きに相当する。突きと違うのは、多くの場合、開掌で行なう点だった。

その際に、全身の筋肉をゆるめた状態から、一気に全身のうねりを利用して打ち込むのだ。

そうすると筋力だけでは得られない大きな破壊力が発揮できる。

中国拳法の発勁《はっけい》もこれと似た手法だ。

また、『源角』では拳を使う際に、空手のようにひねらない。まっすぐに、拳を立てたまま突き込むのだ。

これは『源角』の拳はどの角度にも突き込むことが可能であり、また、どの距離の相手にも対処できることを意味している。

佐竹竜は、ニューヨークで、この拳法の道場を開く夢を抱いていた。

その夢を実現すべく、マジソン・スクエア・ガーデンで開かれたあらゆる格闘技によるオープン・トーナメントに出場した。

実はこのイベントは、ミスタ・ゴールドが主催した、『トランプ・フォース』のためのオーディション大会だったのだ。

佐竹竜はその拳法の腕をミスタ・ホワイトに認められ、『トランプ・フォース』のメンバーにスカウトされたのだった。

佐竹竜のまえには、冷たく無表情な眼をした将校が机をはさんですわっていた。

ホセ・カレロ大佐だった。彼は、大きく椅子をうしろに引き、くつろいだ姿勢で、机のまえに並んでいる三人を見つめていた。

まんなかに丸和商事秘書室長の上原俊夫が立っていた。

その左側に佐竹竜が立ち、右側に李文華《リー・ウェンファ》――マーガレット・リーが立っていた。

「FFPをこれ以上野放しにはできんよ。そして、政治犯を即時釈放しろという彼らの要求も呑むわけにはいかない。いいかね。われわれはゲリラには屈しない」

カレロ大佐は何の感情も込めずに言った。

上原は怒りを抑える調子で言った。

「串木田支社長を見殺しにするというのですか？　こちらではすでにひとり殺されているんですよ」

カレロは相変わらず表情を変えない。

「見殺しにするとは言っていない。救出には全力を尽くすつもりだ。だが、止むを得ない場合もあるということを理解していただきたい」

「止むを得ない場合？　それは、わが支社長の救出よりもゲリラの討伐を優先するということですか？」

カレロ大佐はこたえなかった。

佐竹竜はスペイン語にあまり慣れていなかった。英語とフランス語に関しては学生時代から自信があったし、今では母国語と同じくらい流暢《りゅうちょう》に話すことができる。しかし、スペイン語は『トランプ・フォース』に入隊してから習い始めたのだった。

それでも、何とか会談の内容は理解できた。

彼はマーガレット・リーを見た。この美しい東洋女性は語学の天才だった。おそらく七カ国語はぺらぺらなはずだ。そのなかにはもちろんスペイン語も含まれている。彼女にとって、この会談は何の問題もなさそうだった。

「サンチェス将軍に会わせていただきたい」

上原は言った。「今回の事件は、サンチェス将軍との商談中に起こったことです。将軍のお考えを、直接うかがいたい」

「その必要はない」

カレロ大佐はにべもなく言った。「私が言ったことは、サンチェス将軍のお考えでもある。それに、君は今、君たちとサンチェス将軍が商談していたと言ったが、それは大きな間違いだ。君たちが勝手に商売の話をしに来ただけだ」

「それでは、何か捜査の進展具合についての情報を提供してください」

「新しい情報など得られていない。ＦＦＰが犯人だ。やつらは海岸地帯へ行く途中のジャングルに隠れている。それだけわかれば充分だ」

「その後、ＦＦＰからの連絡はないのですか？」

「ない。さあ、私には君たちの相手をしている時間などあまりないんだ。早いとこゲリラどもをやっつけて、この一件にケリをつけたいんでね」

「日本の警察に捜査権を与えてやってください」

「その必要はない。よそ者が来てもできることなどない。わが国の軍隊と警察で処理できる」

カレロ大佐はさっと立ち上がった。

会見の終わりを意味していた。

「待ってください。必要とあらば、私たちは、日本国政府から名誉領事の資格を得ることができます。そうなれば、私は、日本国政府を代表して、あなたに要求することになります。わが支社長の無事救出に全力を上げていただきたい、と」

「やってみるがいい」

カレロ大佐は、無表情に上原を見つめていた。

上原はそれ以上は何も言うことがなかった。彼は腹立たしげに、くるりと踵《きびす》を返し出口へ向かった。

佐竹とマーガレットはその後を追った。

「あんた、ずいぶんとあの男に嫌われているようだな」

サンピラト空港に向かうマヌエリア軍のジープのなかで、佐竹が上原に言った。彼らは日本語で話していた。

「嫌われている？　とんでもない。これでも気に入られているほうでしてね。彼らに会いたがっている人間はゴマンといますが、今のところ先進国で彼らと交渉を持っているのは私たちだけです」

「私たち？」

「つまり丸和商事ブラジル支社ですよ」

「こんな小国に取り入って何の得があるんだ？」

上原はハンドルを握る下士官をちらりと見て首を横に振った。

「ここでは話せませんね」

「彼らは日本語などわからぬはずだ」

「その安心がこわいのです。彼らはわれわれの不用意なひとことから疑念を抱き始めます。例えば、人名や地名などから……」

「なるほど……」

佐竹は、上原があなどれない男だということを悟った。

サンピラト空港の片隅に、そのみすぼらしい空港にまったくそぐわない近代的なビジネス・ジェットが駐機していた。

丸和商事ブラジル支社が所有するダッソー・ファルコン200だ。HU—25Aを改良した高級ビジネス・ジェットで、エンジンはATF3—6を二基搭載している。

機内は豪華なサロン風の造りになっており、冷房が効いていた。

上原は室内のバーから冷たいビールを持ってきて、佐竹とマーガレットに手渡した。

「前回ここへ来たときは、マヌエリア軍の輸送機に乗らねばなりませんでした。私たちがマヌエリアへ来たことをなるべく人に知られたくなかったからです」

上原はゆったりとしたソファに腰を降ろし、形式的にシートベルトを締めた。「今は堂々とこうしたジェット機で来ることができます。私たちがマヌエリアへやって来たことは世界中に報道されてしまいましたからね」

「さっきの話だけど……」

佐竹は、ビールの缶を手に取り、せんをあけずに見つめたまま尋ねた。「マヌエリアみたいな小さな国でいったい何をしようとしていたんだ」

上原は油断のない眼で佐竹を見つめていた。やがて彼は言った。

「問題はマヌエリアではありません。ノリエガ将軍です」

「やはりね……」

「マヌエリアは現在は貧しい国です。しかし、ノリエガ将軍が入城すると事情は一変するはずです」

「あんたの商社は麻薬もさばくというのか？」

上原は笑った。

「必要とあらばね……。でも、そういったことにはならないと思いますね。ノリエガは他にも金になるものをたくさんかかえているのですよ」

「まあ、それは僕らの任務には関係のないことだな」

「私もそう思いますよ」

「あの大佐……」

マーガレットが英語で言った。

ふたりの男は彼女に注目した。白いブラウスにブルーと緑のリボンを締め、紺色のタイトなスカートをはいている。典型的な秘書という感じだった。髪は後ろへぴったりと結い上げている。

野戦服を着て顔に迷彩クリームを塗った彼女とは別人だった。

「ホセ・カレロ大佐のことか？」

佐竹も英語に切り替えて尋ねた。

「そう。あの男は百戦錬磨の筋金入り軍人だわ。ああいう男は、同類の臭いには敏感なのよ。私たちの正体に勘づきはしなかったかしら？」

「その兆候があったと思うか？」

「何とも言えないわ。とにかく、何を考えているんだか、まったくわからないんだから……」

「その心配はないと思いますね」

上原がなめらかな英語で言った。「私たちが軍隊の人間を連れて会いに行くなんて、考えもしないでしょうからね。完全にあなたがたをわが社の社員と思ったはずですよ」

「だといいわね……」

マーガレットがそう言ったとき、エンジンの出力が上がり、ダッソー・ファルコン200はタキシングを始めた。

やがて向かい風になる方向から滑走路に入ったビジネス・ジェットは、みるみるスピードを上げて急角度で空に舞い上がっていった。

機はサンパウロの国際空港を目ざした。

「それでは、マヌエリア軍は、まだ実際には動き出していないのだな?」

ホワイトが佐竹とマーガレットに尋ねた。

「強気なことは言っていても、やはり国際的な世論が気になるのでしょうね。FPの出かたをうかがっているのだと思いますが……」

佐竹が答えた。

そこは、サンパウロにある丸和商事ブラジル支社のビルのなかだった。ミラーコートをほどこしたビルのガラスが、強烈な太陽の光を反射している。

ビル内に差し込む陽光はほどよく制御されていた。

会議室に、バーミリオンとホワイト、ワイズマン、佐竹、マーガレット、そして上原の六人が集まっている。

「出かたをうかがう?」

ワイズマンが笑いを浮かべ、バーミリオンを見た。「あんたらの民族でも、そういうことができるものなのか?」

バーミリオンが肩をすぼめた。

「君だって金勘定を間違えることはあるだろう?」

「だが、気になるな……」

ワイズマンが考えながら言った。

「何がだね?」

バーミリオンが訊き返す。

「事件が起きたときの状況を考えれば考えるほど不自然な気がする」

「不自然?」

上原が言った。「いったい、どういう点が……?」

「火力と死傷者の数が釣り合わない」

「どういう意味です？」

「マヌエリア軍は、三台の銃座付きマシンガンをジープにすえていたと言ったな。マシンガン三台だ。これは強力な武器だ。なのに、ゲリラ側は、あまりに簡単にマヌエリア軍を制圧してしまった。しかも、ゲリラ側には死者がいなかった」

「そう……」

上原は沈痛な面持ちでうなずいた。「そして、わが社の社員がひとり殺された。あっという間でしたよ。やつらまったくためらいませんでした。あなたは、もっと死傷者が出ればよかったとおっしゃるのですか？　私はごめんですね。敵であれ味方であれ、目のまえで人が撃たれるのを見るのはもうごめんです。私にとっては、ひとり殺されただけで充分ですよ。さらに、ＦＦＰの目的は、殺すことではなく、誘拐《ゆうかい》だったのです」

ワイズマンはホワイトを見た。

「どう思う？」

「幸運だったのかもしれんよ。ゲリラの手際が良かったんだ」

ホワイトはバーミリオンを見て発言を求めた。

バーミリオンは首を傾けて言った。

「確かに幸運だったと言えるかもしれない。マヌエリア軍は利口に振る舞ったようだ」

彼はワイズマンを見てうなずいた。「だが私がＦＦＰのリーダーだったら、支社長以外を皆殺しにすることを命令するだろうな」

「そう」

ワイズマンが言った。「それが普通のやりかただ」

上原の顔色がやや悪くなった。

「信じ難い人たちだな……。私は頼りにすべき組織を間違えたようだ」

「同胞を失い、上司を誘拐され……。お怒りはごもっともです」

ホワイトが地図から顔を上げておだやかに言った。「しかし、あなたは正しい判断をされたし、私の仲間が言っていることも本当のことなのです。私たちは少しばかり慎重にならなければならないということを話し合っているのですよ。つまり、相手はただ野蛮なだけのテロ組織ではなさそうだ、という意味なのです」

「では、他に何かたくらんでいるかもしれない、と？」

「その可能性もないとは言いきれません。今、彼のチーム・メンバーが、その類の情報を集めるためにマヌエリアに潜入しているのです」

上原は驚きの表情を見せた。

「マヌエリアに潜入？　いったい、マヌエリアのどこへ……？」

「それは知る必要のないことでしょう」

「いや、私は、すべてのことを知っておかねばならない」

ホワイトは、首を横に振って、目を地図に戻した。

「話していただきたい」

上原はさらに言った。「君たちを雇ったのは私なのだ」

バーミリオンが、目を細くして上原を見つめた。危険な眼だった。陽気そうな印象が、一瞬にして影をひそめた。

「あんたのために言ってるんだよ」

上原は、その声でバーミリオンのほうを見た。彼はバーミリオンを見て言葉を呑み込んでしまった。

バーミリオンは言った。

「もし、マヌエリアに潜入していることがばれたとする。そうすると、われわれは密告者としてあんたのことも疑わなければならなくなるんだ」

「それでも聞いておきたい、と言ったら?」

バーミリオンはホワイトを見た。

ホワイトはうなずいた。

「いいだろう。話してやれよ、バーミリオン」

上原も秘密を共有することになった。

6

マヌエリアとパナマの国境は、ひどい湿地帯が続いていた。

湿地帯はやがて、マングローブの密生地となる。ここはジャングルよりも始末が悪い。

バーミリオン・チームの隊員三人は、黙々とマングローブを切り開いて前進した。

ちょうど、限りなく続くジャングルジムのなかを進むようなものだった。

先頭を行く男は黒いひげをたくわえていた。背が高くいきいきとした茶色の眼をしている。

彼の名はジョルディーノといった。

ジョルディーノのあとに続くのがロペス。

彼は背が低く、実際の年齢よりかなり若く見えた。黒い髪を短く刈っている。インディオの血が混じっており、黒々とした瞳をしていた。

彼は、ジョルディーノが山刀代わりに振り回す重厚なバックマスター・ナイフでけがをしないように、充分に間を取っていた。

しんがりはリョサという名の炎のような赤毛の男だった。彼はその髪の色を気に入っているらしく、長く耳の下まで垂らしていた。

三人ともトランプ・フォースの戦闘服は着ていなかった。どこででも手に入る安もののシャツとズボンに、軍払い下げのブーツをはいていた。

服はひどく汚れ、ところどころ破れていた。スリングで吊った旧型のM16を背中に回していた。

腰のベルトにはブローニングのM1911の改良版、M1911A1が差し込まれている。通常コルト・ガバメントと呼ばれるアメリカ軍の主要制式ピストルだ。

ブローニング設計の銃をベルギーのFN社が製作すると「ブローニング」の名称がつけられ、アメリカで製造ライセンスを持つコルト社が製作すると「コルト」の名がつけられる。

ジョルディーノの手がぴたりと止まった。

折り重なるマングローブの茎の間から、一瞬、光が見えたのだった。

ジョルディーノは左手を開いて、てのひらを下に向けた。

後方のふたりがぴたりと動きを止めた。

茎の間を、また光がまたたいた。

ジョルディーノは歩哨が持つマグライトであることを知った。

闇をすかして、ライトのほうを見る。マヌエリア政府軍の制服を着た兵士が二人一組になってパトロールをしているのがわかった。

ジョルディーノたち三人は、ライトの光が遠ざかるのを待った。歩哨はマングローブの密生地のなかまではやって来ない。

マングローブはもうじき尽きるのだ。

そのむこうには、国境警備軍の基地があった。

古い修道院を利用したもので、レンガ造りのしっかりとした建物だ。

金網と有刺鉄線のフェンスを巡らせてあり、歩哨の数は多かった。

ライトの光が遠ざかると、ジョルディーノは、マングローブをかき分け、あるいは乗り越え、前進を再開した。

マングローブの密生地が尽き、急に視界が開けた。

ジョルディーノは、再び左のてのひらを下に向け、続いて何かを抑えるように動かした。

そして、その手を握ると親指を下にした。

三人は同時に、下の泥水のなかに滑り込んだ。水は腰のあたりまで達した。

彼らはゆっくりと前進しながら上がると、草の上に伏せた。じっとりとした湿った空気に包まれる。

この土地の気候に慣れている彼らでさえ、息苦しさを感じた。

ジョルディーノは、注意深くあたりの様子を探った。眼だけでなく耳や鼻も使う。そして彼は左手を前方に振り、前進の合図を送った。

三人は匍匐《ほふく》前進を始めた。五メートル先に金網のフェンスがあった。フェンスまで身を隠すものは何もなかった。暗闇だけが彼らの味方だった。五メートル進むために二回止まって様子を見なければならなかった。

ジョルディーノはフェンスにたどり着くと、そのあたりの地面を調べた。高圧電流、あるいは警報装置といった類のものは仕掛けられていないはずだった。

それは前もって調査済みだった。しかし、念には念を入れて、というわけだった。

満足すると彼はリョサに手招きをした。腹這《はらば》いのままリョサは近づき、腰に下げていたナイフを取り出した。ナイフは、ベークライト製の鞘に入っている。ソ連のアサルトライフルAKM用の銃剣だった。

このナイフは、鞘と組み合わせると、ワイヤーカッターとして使えるのだった。サバイバルナイフ型で、ブレードの背の先端にワイヤーカッター部分があった。

リョサはこのナイフの使いかたに慣れていた。彼はソ連製の武器を長年使用していたことがある。リョサはニカラグアの革命軍に所属していたことがあるのだ。

彼は器用に、フェンスの金網を切り開いていった。ちょうどひとりが這ってくぐれる穴をあけるのに一分ほどかかっただけだった。

ジョルディーノが穴をくぐる間、あとのふたりは、腹這いのままM16を構えて四方に注意を向けていた。

三人が無事フェンスをくぐり抜けると、突然、建物の陰から笑い声が響いてきた。パトロールの兵士が談笑しているのだった。

彼らは、煙草を分け合いオイルライターで火をつけた。

ジョルディーノたちは身の隠し場所がなかった。

兵士たちまでの距離は約四メートル。

ジョルディーノはロペスの肩を叩いた。ロペスはまったくためらわなかった。肩を叩かれたとたんに跳ね起きてダッシュしていた。

一瞬にして四メートルの距離を詰めていた。

ロペスは手前にいる兵士の背後から近づき、口をおさえつけてうしろ向きに引き倒した。その後頭部に、左右の膝を連続して叩き込む。

兵士は声も出さず昏倒した。

もうひとりの兵士の顔に驚きの表情が貼り付いた。彼はまだ目のまえで何が起こったかを把握できていない。反応の途中にあるのだ。

ロペスは体を左右に揺すりながら飛び込み、右、左とフックを続けざま相手の顎に見舞った。

兵士はだらんと両手を下げた。

ロペスは、その首を両手で持ち、引き落とすと同時に、膝を顔面に叩きつけた。飛び出してからふたりの兵士を眠らせるまでに二秒を要しなかった。

ロペスは、空手の南米チャンピオンになったことがある。インストラクターの資格も持っているが、彼が求めたのは真に実戦的な空手だった。

ロペスがふたりを片付けている間、ジョルディーノは、周囲を観察して、たちどころに行動計画を立てていた。

ロペスとリョサは昏倒しているふたりの政府軍兵士の両足をかかえ、ジョルディーノがすでに移動しているガソリンの入ったドラム缶の列の陰まで引きずって行った。

彼らは、政府軍の制服を奪って上着だけを着た。夜ならそれだけで充分だ。

ロペスはガムテープを取り出し、兵士の口をふさぎ、手足をぐるぐる巻きにした。

ジョルディーノは、ポケットから合成プラスチック爆薬コンポジション5——通称C5を取り出し、少しだけちぎった。それをエッグタイプの手榴弾に付けた。

ピンを抜き、レバーをはなす。手榴弾には六秒信管を付けてあった。

ジョルディーノは、なるべく離れたところにC5付き手榴弾を放った。

「さ、祭り《ラ・フェスタ》だ」

ジョルディーノがそう言ったとき、手榴弾とは思えない大きな爆発が起こった。C5のせいだった。

一瞬にして基地内は大騒ぎとなった。

サーチライトが周囲をせわしなく照らし、兵士が口々に何かわめきながら駆け出してきた。

ジョルディーノは、空に向かって、M16をフルオートで撃った。

その銃声に、兵士たちは、びくりと首をすくめ、遮蔽物を探した。

ジョルディーノは、また撃った。

どこか遠くで恐怖に駆られた兵士が発砲を始めた。

騒ぎはまた大きくなった。基地内にサイレンが鳴り渡った。非番で寝込んでいた兵士が叩き起こされた。

「行こう」

ジョルディーノが基地の奥のほうへ顎を向けて言った。

政府軍の上着を着たロペスとリョサが、ジョルディーノの両腕をつかんで、彼を引きずるようにしてそちらに進み始めた。

ひとりの将校が大股で歩み出て来て叫んだ。

「撃つな。発砲を禁止しろ」

彼は兵士のひとりをつかまえ、その胸ぐらをつかんで言った。

「サイレンを止めさせろ。発砲しないように放送するんだ。爆発の原因がまだわかっておらんのだ」

兵士が敬礼して走り去ると、その将校は「ばか者が」とつぶやいた。

彼は、ジョルディーノを引きつれて行くロペスとリョサに気づいた。

「待て」

彼は、呼び止めた。「そいつは何者だ？」

「は、基地内で取りおさえました。わが軍の兵士ではありません。FFPかもしれません。爆発はこの者のしわざかと思われます」

将校はジョルディーノをしげしげと見つめた。

「FFPだと……？。よし、なかへ連れて行け、あとで私が尋問する。とりあえず、この騒ぎを何とかしなくてはならん」

「わかりました」

ロペスとリョサは敬礼し、再びジョルディーノを引っ張って奥へ進んだ。そのとき、ロペスは将校の階級章を見るのを忘れなかった。中佐だった。

建物の陰に回ったとたん、ロペスとリョサはジョルディーノの腕から手を放した。

三人はほとんどひとつの影と化して、積まれた箱や停めてある車に身を隠しながら移動した。

ジョルディーノは、もと修道院の母屋とは別の小屋を見つけた。かつては納屋《なや》として使われていたらしい。

その出入口には、これだけの騒ぎにもかかわらず、歩哨が不動の姿勢で立っていた。

さらに、兵士が駆けつけ、その小屋の警備が増強されるのがわかった。

ジョルディーノは、目的の施設を発見したのだった。武器庫だ。

彼は言った。

「俺は車を手に入れておく。ふたりで行って、たんまりと土産をいただいてくるんだ」

ロペスとリョサは物陰から出て、銃を胸にかかえると、警備増強のために派遣された兵士を装って、足並をそろえて駆けて行った。

騒ぎが起こるまえから、武器庫の出入口に立っていた歩哨たちは、明らかに不安に駆られていた。

彼らのひとりが、駆けつけてきた兵士たちに尋ねた。

「いったい何の騒ぎだ？」

すかさずロペスがこたえた。

「FFPが基地内に侵入したらしい」

「FFPだって？」

「そうだ。爆発はやつらのしわざのようだ。中佐の命令だ。おそらくやつらは武器庫を狙ってくるだろうから、至急、なかを点検しろとのことだ」

ふたりの歩哨は顔を見合わせた。

「俺たちはずっとここに立っていた」

片方が言った。「誰もここを通らなかったんだ。なかを見る必要はない」

ロペスはうんざりした顔で言った。

「俺もそうは思うさ。だが、命令なんだ。おまえたちだって、倉庫の裏まで四六時中見張っていたわけじゃないだろう。その気になれば、裏からだって忍び込める。ここを爆破されたらとんでもないことになるぞ」

歩哨はもう一度顔を見合わせた。

「よしわかった」

歩哨のひとりが鍵を取り出してドアを開けた。

ロペスは応援に駆けつけた二名の兵士に言った。

「ふたりは俺と来てくれ。武器庫の裏手を見回って来よう」

ロペスが先に立って歩き始めた。

ふたりはおとなしく従った。騒ぎが起きて皆が浮き足立っているようなときは、明確な指示を出す者が主導権を握ることができるのだ。

リョサは、歩哨ふたりとともに武器庫のなかに入った。

リョサは言った。

「ここがどこかわかっているだろう。絶対に発砲するなよ」

そのひとことが歩哨の緊張をさらに高めた。

リョサはいちばんうしろに立って進んだ。狭い粗末な納屋に、自動小銃、迫撃砲、ロケット・ランチャー、グレネード・ランチャーなどが整然と並んでいる。

各種弾薬、および手榴弾、爆薬の箱は入口から見て左手に積まれている。手榴弾や爆薬の数は少なかった。手榴弾や爆薬は侵攻作戦において役に立つ。国境警備の基地にはそれほど必要のないものだった。

リョサは、ふたりの歩哨の隙を見て、ポケットからライフルの実包をひとつ取り出し、弾薬の箱のほうに放った。

小さな金属音がした。

二人は同時に振り向いた。反射的に歩哨たちはM16—A2自動小銃の銃口をそちらに向けていた。

「撃つなよ」

リョサが立った。「ネズミか何かかもしれん。そっと三方から近づくんだ」

三人は、箱の山の前で散った。

歩哨たちはびくびくと箱を回り始めた。

リョサは、逆に、さっと箱のむこう側を回った。彼は反対側に達し、歩哨のひとりの鼻先に顔を出した。

リョサのボディーブローが鳩尾《みぞおち》を深々とえぐった。歩哨のひとりは、息を止められ、声も出せなかった。彼は顎を突き出して体を折った。リョサは、M16の台尻でその顎をしたたかに殴った。

歩哨はがくりと膝を折り、倒れて動かなくなった。

よく映画やドラマで、頭を殴って気絶させるシーンがあるが、頭を殴っても人間はそう簡単には眠ってくれない。

気絶するほど強く頭を殴ったら、まず五回のうち三回は相手を殺すことになるだろう。眠らせるなら顎を狙うに限るのだ。

リョサは、もうひとりを箱の陰で待ち伏せた。ナイフを使いたい衝動に駆られた。ナイフを使えば、気絶させるよりずっと簡単に相手を沈黙させられるのだ。

しかし、今回は相手を殺すな、と命令されていた。それだけのことで、リョサは自分の身の危険がはるかに大きくなっていることを知った。

相手は自分をいつでも殺せる。だが、こちらは殺してはいけないのだ。

リョサは銃を逆に持って構えていた。

残りの歩哨が箱の陰から顔をのぞかせた。

その瞬間に、リョサはM16の銃床を鋭く下からすくい上げた。

銃床は歩哨の顎を強打した。一撃で相手は倒れた。

リョサは、ガムテープでふたりの歩哨の口をふさぎ、両手をきつく固めた。


「待てよ」

ロペスのあとに続いていた兵士の片方が言った。「おまえを見たことがないんだがな……」

「ロペスってんだ。中央司令部から移って来たばかりだ」

ロペスは振り向かず、周囲を警戒するふりをしながらこたえた。

「中央司令部から？　聞いてないな……。おまえのズボンやブーツは、ひどく泥でよごれているようだが、なぜなんだ？」

ロペスはようやくふたりのほうに振り返った。

「ズボンの泥か？」

ロペスはのんびりとした口調で言った。ふたりの兵士は、ロペスにM16―A2の銃口を向けている。

ロペスが小さくかぶりを振った。

「おまえら、誰に銃を向けてるんだ。この泥についちゃ今、説明してやるよ。いいか、ここをよく見ろ」

ロペスは、自分のブーツを指差した。

ふたりの兵士はつられてそこをのぞき込んだ。

ロペスは、鋭く腰を切り、足を跳ねあげた。ひとりが顔面をまともに蹴られ、すごい勢いで後方に弾《はじ》かれた。倉庫に背と後頭部を打ちつけそのまま崩れ落ちた。

もうひとりの兵士は、自動小銃の安全装置を外《はず》すところだった。

ロペスはその暇を与えなかった。

後ろ蹴りで、踵《かかと》を力いっぱい相手の鳩尾に叩き込む。

相手は体を折って苦悶した。そのまったく無防備になった顔面に左右のフックを見舞う。兵士は倒れた。

ロペスは素早くふたりをガムテープで動けなくし、銃を取り上げた。

彼は武器庫のなかへ急いだ。

暗い武器庫のなかで、リョサがさっと振り返った。

ロペスは両手を肩まで上げた。リョサは緊張を解いた。

リョサはすでに、物色を終えていた。

「M79がある。M706の箱があるからいっしょに持って行こう」

M79はグレネード・ランチャーのことだ。四〇ミリの榴散弾M706を単発で撃つための発射筒だ。ベトナム戦争でおおいに使われた武器だ。

「あとは、自動小銃だ。M16―A2がある。驚いたことに新品だぞ。あとは弾薬と、手榴弾だ。手榴弾はM26とM56タイプがある」

M26とM56は、いわゆるパイナップルタイプではなくエッグタイプと呼ばれる手榴弾だ。投げやすく、パイナップルタイプより破壊力は大きい。

「よし」

ロペスは言った。「早いとこ、運び出そう」

タイミングよくジープのエンジン音が聞こえ、ブレーキが鳴った。口笛が聞こえる。ジョルディーノの合図だった。

ロペスとリョサは、軽いものから順に運び込んだ。榴散弾と手榴弾の箱がひどく重く、てこずった。ジョルディーノが手を貸して、何とかジープに積み込んだ。

ジョルディーノは運転席に飛び乗ると、叫んだ。

「ふたりともなるべく頭を低くしていろ」

タイヤのこげるにおいを残して、ジープは猛烈な勢いでダッシュした。

ジョルディーノは、正面ゲートに向かって突っ込んだ。

ジープは、金網のゲートを突き破った。

後方から、猛然と撃ってきた。

ジープのわきを弾がかすめる。しかし、後の祭りだった。

ジープはカーブを曲がり、やがて安全な場所までやって来た。軍が追撃してくるのは明らかだが、彼らはそのまえに、ジャングルに入るつもりだった。

助手席でリョサが、ぼんやりとM16を見つめている。

ジョルディーノが尋ねた。

「どうした、リョサ？　しょぼくれてるじゃないか？」

「考えていたんだ。こういった潜入作戦は何度もやった。何度もだ。だが、相手を殺さなかったのは初めてだ」

「そういう立場になったんだよ。俺たちはもうただの戦争屋じゃないんだ」

「じゃあ何なんだ？」

ジョルディーノは肩をすぼめた。

「何であるかは自分で決めればいい」

7

ジョルディーノは、ジャングルのなかを通ってマヌエリアの中心部と海岸地帯を結ぶ道路に出た。

ジャングルに入るとジープのスピードを落とした。

やがて彼はジープを路肩に寄せて停めた。

「どうやってFFPのやつらを見つける？」

ロペスがジョルディーノに言った。

「見つける必要はない。きっとむこうで見つけてくれる」

ロペスとリョサはすでに政府軍の制服を脱ぎ捨てていた。

ジョルディーノはさらに言った。

「やつらが現れたら、絶対に刺激するな。反政府ゲリラというのは言ってみれば武装した素人だ。恐怖に駆られたら、後先を考えずに引き金を引くからな」

夜気はじっとりとして重苦しかった。日が沈んでも気温はたいして下がらず、三人とも汗を流していた。

ジャングルのなかは特に湿気が多く、息苦しささえ感じた。

リョサが胸のポケットから煙草を出してくわえた。ジッポーのライターで火をつける。

一瞬、あたりがぼうっと明るくなった。

そのとたんに木々のむこうでさっと動いたものがあった。

ジョルディーノはそれに気づき、ロペスとリョサに目配せした。

ジョルディーノは何かが動いたほうに向かって言った。

「誰かいるのか？」

返事はない。「いるなら話がしたい。俺たちは反政府ゲリラとともに戦う意志を持っている。ここにちょっとした土産も用意してある」

ジャングルの闇に潜んでいるのはゲリラしか考えられない。しかし、万が一、彼らを闇から見つめているのが擬装した政府軍だった場合にそなえ、ロペスとリョサは、M16に片手を伸ばし、安全装置を解除していた。フルオートにセットしてある。

三人は無言で待った。

大切な場面だった。ここで失策を演ずれば、作戦のすべてが水泡に帰す。

ロペスとリョサは、M16を握る手に汗がにじむのを感じた。

やがて木の陰から低い声が聞こえた。

「武器を持っている者がいたら、捨てろ。三人とも両手を上げるんだ」

ジョルディーノはロペスとリョサにうなずきかけた。

ロペスとリョサは暴発せぬよう安全装置をかけ、M16をジープの外側に放り出した。

三人はおとなしく手を上げた。

木やおいしげる巨大な葉の陰からアサルトライフルを構えた男が慎重に歩み出て来た。彼はXM177を持っている。M16と同系のカービンタイプだ。銃身が短く、銃床が金属でできている。

ジープの後方からまたひとり現れた。

さらに、道のむこう側からひとり。

三人とも無精ひげを生やしていた。服装はばらばらだった。

夜間に行動するにはふさわしくない、白っぽいシャツを着ている。おそらく、シャツの色を選ぶ経済的あるいは物資の余裕がないのだろうとジョルディーノは思った。

あとから出て来たふたりは、やはりM16を持っていた。

そのふたりがジープに近寄り、ロペスとリョサが捨てたM16を拾い上げると、さっと離れた。

「このジープのなかいっぱいに土産がある」

ジョルディーノが相手を刺激せぬよう静かな口調で言った。「グレネード・ランチャーが五挺。それに合う四〇ミリ榴弾が一箱。M16のA2タイプが十挺。あとは手榴弾が二タイプだ」

XM177を持った男は、闇に慣れているようだった。彼は視線をジョルディーノの顔にすえたままだった。

ジョルディーノも暗視の訓練は積んでいるが、相手の表情はまったく見えなかった。

ジョルディーノは言った。

「それだけじゃない。日本の商社が何を考えているかの情報もある」

XM177カービンを持つ男は、わずかの沈黙のあと言った。

「目的は何だ?」

「言っただろう。いっしょに戦いたいって。もっとも、あんたらがFFPなら、の話だがね。他の連中だったら、この武器も情報も渡すわけにはいかない」

「なぜFFPでなければだめなのだ?」

「唯一政府軍と本気で戦おうと考えているのはFFPだけだからさ」

「その武器弾薬はどこで手に入れた?」

「ちょいと国境警備軍の基地に忍び込んでね。連中には猫に小判というところだから、いただいてきた」

XM177の男は、またしばらく考えた。

「ジープを、道からそらして、ジャングルのなかに入れろ」

彼は言った。

ジョルディーノは天を仰いで見せた。

「無茶を言うな」

「やるんだ」

「木にぶつかっちまう」

「木の根元につけるんだ。枝や葉をかぶせてカムフラージュしろ。早くだ」

「……そういうことか……」

ジョルディーノはエンジンをかけ、ギアをロウに入れた。

ゆっくりとジープを道からそらし、ジャングルの、木々が密生しているところの手前まで持っていった。

そこでジープを停め、三人は降りた。ナイフで、大きな葉や南方系の巨大なシダ、木の枝などを次々と刈り取り、ジープにかぶせた。

XM177の男は、ジョルディーノたちの手際をじっと見ていた。

彼は、作業が終わると、ふたりの仲間に、仕事の具合を点検させた。そして、彼らに、サンプルとして、グレネード・ランチャーM79一挺と、M16―A2一挺を持ってくるように言った。

「よし、来い。両手は頭の上で組むんだ」

XM177を持つ男が先頭になった。

ジョルディーノ、ロペス、リョサと続き、ふたりの男が後方で自動小銃を構えた。

彼らがジャングルを進み始めると、どこからともなく、同じように汚れた恰好をした男たちが銃を手に現れ、XM177の男たちと持ち場を替わった。

ジョルディーノはそれを見て、彼らの指揮系統がなかなか見事なものであることを知った。


ホワイトがチーム編成をする際に、まったく異なった個性の三人を組み合わせたのに対し、日本人のブラックは、規格品のように似かよった人間を選んだ。

ブラックのチームは、すべて西欧人で、さらに言えば、すべてアメリカ人だった。

アイルランド系のハリイ、イギリスからの入植者の末裔《まつえい》であるジャクソン、そしてドイツ系のシュナイダーの三名だ。

彼らは陸軍式に短く髪を刈っており、眼の色は三人とも青かった。

三人は、体格だけではなく髪の色や眼の色まで似ているのだった。

今、彼らはロサンゼルスにいた。

ブラックを含む四人は、観光客として、ウイルシャー大通りとサンタモニカ大通りが交差する場所に建つベバリー・ヒルトン・ホテルに滞在していた。

彼らはそれぞれの部屋から出ようとしなかった。

今さらロサンゼルスを観光する気など誰も持ってはいない。そこはブラック以外のメンバーの母国であり、彼らは何度もロサンゼルスを訪れたことがあるのだった。

三人はともに軍隊経験があった。

ハリイはもと米海兵隊員だった。米軍で一番の猛者《もさ》が集まるところだ。

ジャクソンは米陸軍にいたことがある。

シュナイダーも陸軍にいたが、彼は特殊任務が多かった。狙撃にずばぬけた能力を発揮したのだ。

彼らは、ホワイト、バーミリオン二チームの支援部隊として待機しているのだった。

日本人のブラックはコンプレックスの強い男だ。彼が、西欧人のチームを編成したのも、昔から根強くある日本人の「外人コンプレックス」のせいなのかもしれなかった。

しかし、彼はコンプレックスのために度を失い、自分のやるべきことを間違えるような男では決してなかった。

そのような種類の人物は、トランプ・フォースのチームリーダーにはなれない。

ただ、彼は自分が軽んじられることには、我慢ならないほど腹を立てるタイプだった。

彼がトランプ・フォースの責任ある地位につけたのは、そのことをちゃんと自覚していたからにすぎない。

彼は、作戦の最前線ではなく、支援部隊として待機させられていることに、少なからず不愉快さを感じていた。

ブラックは、チャンスを待つことにした。バーミリオンのチームやホワイトのチームの連中をあっと言わせるようなことを、彼がやってのけるチャンスを——。

バーミリオン・チームの三人は、夜営テントのまえに連れて行かれた。

ジョルディーノは、政府軍によるFFPの討伐作戦がいつも失敗に終わる理由を知った。FFPは本拠地など持っていないのだ。

ジャングルのなかを常に移動しながらゲリラ活動を行なっているのだった。政府軍にしてみれば、影を追うようなものだ。

XM177を持つ男は、ジョルディーノ、ロペス、リョサの三人を横一列に並ばせた。

M16が両側から彼らを狙っていた。

XM177を持つ男は、テントのなかに消えた。やがて、別の男がいっしょに現れた。

その男は、たいへん引き締まった体格をしていた。闇のなかでも眼が輝いているような感じがする。

身長はそれほど大きくないが、全身にいきいきとしたエネルギーがゆきわたっているのがわかる。

彼は、軍人独特の雰囲気を持っていた。手ごわい戦士の体臭をジョルディーノは感じた。

彼が素人のゲリラを組織し、訓練していることは容易に想像がついた。

その男は、ジョルディーノ、ロペス、リョサを順に見つめていった。

あたりにほとんど明かりはない。木々の間から月明かりが洩れているにすぎない。

それでもその男にははっきりとものが見えているようだった。

XM177を持っていた男が、サンプルとして持ってきたM79グレネード・ランチャーとM16A2を彼に見せた。

その男はしばらくそのふたつの銃を調べていたが、うなずいてXM177を持っていた男に返した。

彼は低くやわらかい声で言った。

「われわれとともに戦いたいということだが、なぜだ？」

「自由と正義のために」

ジョルディーノは言った。

相手の男はかすかにかぶりを振った。

「私はその言葉が本当に好きだ。だから、それを冗談の種にされるのは好まないのだ」

「ニカラグアもエルサルバドルも、俺たちの活躍の場ではなくなってきた。アメリカがコントラから手を引いたら、コントラは『自由の戦士』などではなくただのならず者の集団になっちまった。俺たちは、ＦＦＰにはＣＩＡがついているという噂を聞いた。きっと、金になるに違いないと考えたわけだ」

そのとき、若いゲリラが男に駆け寄り耳打ちした。

男はうなずいた。

「国境警備軍の武器庫が襲われたという情報が確認できた」

彼は言った。「たった三人でやったのか？」

ジョルディーノはこたえた。

「朝メシ前さ」

「政府軍の兵士をひとりも殺さなかったそうだな。なぜだ？」

「その必要がなかったからだ。俺たちは血に飢えているわけではない。殺さずに目的を達成できるならそのほうがいいと本気で考えている。だが、もちろん、そうすべきときにはまったくためらわずに殺す」

男は、ゆっくりと三人のまえを歩いた。

ジョルディーノはそれ以上のことは言えなかった。自分たちの有能さは行動で示した。武器を提供することで誠意も示した。あとはこのリーダーらしい男の判断にゆだねるしかない。

最悪の場合は、自分たちは殺されることになるだろうとジョルディーノは考えていた。暗闇のなかとはいえ、ゲリラの指導者の顔を見てしまったのだ。

「エル・ガトー」

ジョルディーノは突然、リョサの声を聞いて驚いた。彼は「猫」とつぶやいたのだ。ジョルディーノにはその意味は理解できなかった。

しかし、そのつぶやきを理解した男がいた。目のまえの男がぴたりと動きを止めて、リョサをしげしげと見つめたのだ。

新たな緊張が生じたとジョルディーノは思った。彼はブーツのなかに隠してあるフォールディングナイフを強く意識した。

ＦＦＰの男とリョサの間に、何ごとかが起こったら、迷わずナイフを手にして活路を開くつもりだった。

「リョサか……」

ＦＦＰの男は、低くつぶやいた。何の感情もこもっていないように聞こえた。

突然、感情が高まったように男はリョサの胸ぐらをつかまえた。ジョルディーノは、Ｍ16を構えている男たちの様子をうかがった。

「この野郎、本当にリョサか……」

男の声にわずかばかりの興奮が感じられた。

ジョルディーノがかがみ込んでブーツからナイフを取り出そうとしたその瞬間、エル・ガトーと呼ばれたFFPの男は、リョサに抱きついた。

「生きていたのか？　本当にあのリョサだろうな」

「ああ」

リョサもエル・ガトーを抱きしめていた。

「地獄でも俺の居場所はないらしい。この世に追い返された」

エル・ガトーは、ゲリラたちに言った。

「このリョサと俺は、立場は違ったが同じ戦場で戦った仲間だ。この男は私の命の恩人だ。そして、本物の戦士だ」

「どういうことだ、リョサ？」

ジョルディーノが訊いた。狐につままれたような顔をしている。

「俺はニカラグアの革命軍にいたことがある。あのエル・ガトーという男は有名な傭兵のひとりで、革命軍に一時シンパとして加担していたことがある。あいつこそ筋金入りの戦士だよ」

エル・ガトーは、ジョルディーノ、リョサ、ロペスの三人に言った。

「テントに入ってくれ。話を聞こう」

「金のために戦おうとするならこの戦いはつらいものになるだろう」

エル・ガトーと呼ばれるFFPのリーダーは言った。「私もかつては傭兵として主義主張の関係なく金のために戦った。しかし、今では違う。このパナマの地は私の故郷だ。私はパナマの一角に、ノリエガの私的所有物みたいな国がつくられるのは我慢できないのだ」

「金が入ってこないということか？　CIAはどうなったんだ？」

ジョルディーノが尋ねる。

「米下院は正式にFFPに対する資金援助を否決している。コントラのときと同じだ。確かにわれわれの背後にCIAがいるという噂は嘘ではない。しかし、彼らは限られた予算のなかで細々と武器と情報を提供してくれるにすぎない」

「なるほどね……。それで日本人を誘拐したわけか。おそらく日本人は金になる。マヌエリア政府は政治犯の釈放には応じないだろう。しかし、日本の商社や政府は金を出すだろう。今の世界で、日本人ほど命を大切に思っているやつらはいないからな」

エル・ガトーの顔つきが変わった。ランタンの下で、怒りに眼が輝いた。

「われわれはやっていない」

ジョルディーノはけげんそうな顔でエル・ガトーを見た。

「冗談だろう……？」

「神に誓って、われわれFFPは、今回の誘拐には関《かか》わっていない。われわれはあのような手段は絶対に取らない」

「卑怯な真似はしないというわけか？」

「いや、もっと純粋に政略的な問題だ。誘拐は危険が大きすぎる。そして、FFPは世界の世論を敵に回すようなことは絶対にしたくない」

エル・ガトーの言葉には真実味があった。ジョルディーノは戸惑った。

「本当のことなのか……？」

「事実だ」

「くそっ。俺たちはまた儲けそこなったらしいぞ……」

「どういうことだ？」

「俺たちは、誘拐された日本人の会社とコネクションを持っている。その会社から俺たちが金を引き出してあんたたちに渡す。われわれはそのマージンをいただくという計算だったんだ」

エル・ガトーはしばらく考えていた。

長い熟考のあと彼は言った。

「日本の会社の人間をここへ連れて来られるか？」

「やってやれないことはないが……。なぜだ」

「話し合う必要があると思う。われわれといっしょに戦うつもりがあるなら、まず手始めに、日本の企業の人間をここへ連れて来てほしい。もちろん話し合うためにだ」

ジョルディーノ、リョサ、ロペスの三人は思わず顔を見合わせていた。

ジョルディーノからの電話連絡を受けたバーミリオンは、明らかに混乱しているようだった。

「何か問題があったのか?」

ホワイトが尋ねた。

バーミリオンは、部屋のなかにいる人間を見回した。

8

佐竹、ワイズマン、マーガレット、ホワイト、そして、上原秘書室長がいた。

彼らは空港からやって来てから、ずっと丸和商事ブラジル支社の小会議室に詰めていた。

すでに、深夜零時を過ぎている。

商社の窓の灯が消えることはない。二十四時間、誰かが働いている。世界中の情報が社屋のなかで飛び交っているからだ。

小会議室に、何時間人が居続けようと、何日泊まり込もうと怪しむ者はいない。

誰も疲れの色を見せていなかった。

バーミリオンはホワイトに言った。

「ＦＦＰとの接触は成功した。しかし、ジョルディーノが言うには、今回の誘拐《ゆうかい》とＦＦＰは無関係だそうだ」

佐竹とワイズマンは思わず顔を見合わせていた。

「ばかな……」

上原秘書室長があくまで落ち着いた姿勢を崩さずに言った。「あなたの部下は、ＦＦＰの連中にうまく言いくるめられたのではないですか？　でなければ、やつらに脅《おど》されているんだ……」

「いや……」

バーミリオンは、ホワイトを見たまま言った。「そのどちらもあり得ない」

「ではどういうことなのですか？」

上原が尋ねた。「私たちは実際に襲われたのですよ。事実、政府軍の連中と誘拐犯たちは撃ち合っている。わが社の社員が一名、そのために死亡しているのです」

「どうもその点がひっかかっていると言ったつもりだが……」

ワイズマンが言った。

上原は、さっとワイズマンのほうを見た。その眼には明らかな憤りの色があった。

「いったい何が言いたいのです？」

「手口が嘘っぽいということさ。おたくの支社長を誘拐したのはFFPではないという話――信じてもいいような気がするがね……」

「それでは、私たちと政府軍の一行を襲い、営業本部長の佐野を殺し、支社長を連れ去ったのは、いったい何者だというのですか？」

「さあ」

ワイズマンは肩をすぼめた。「こっちが訊きたい」

ホワイトがバーミリオンに訊いた。

「それで、当初の計画は失敗したというわけか？」

「ところがそうでもない。FFPのリーダーは、なぜかこの商社の人間と会うことを希望しているようだ」

ホワイトは佐竹とマーガレットを順に見つめた。

佐竹が言った。

「ようやく僕らの出番のようですね」

「罠《わな》じゃないのかね？」

上原が言った。「もし君たちがとらえられても、わが社は身の代金は一銭も出せんよ。念のために言っておくが」

「当然わかっています」

ホワイトは言った。「どうです。あなたもいっしょに行ってみませんか?」

「冗談ではない」

上原は、かすかな笑いを浮かべて言った。「何のために君たちを雇ったと思ってるんだ」

ホワイトも笑いを返した。冷たい笑いだった。彼は言った。

「よし、明日朝八時に出発だ」


小会議室はそのまま引き払われ、一行は再びビジネス・ジェットに乗ってマヌエリアへ向かった。

「この行ったり来たりはどうも無駄に思えてしかたがないのですがね」

佐竹が言うと上原がこたえた。

「マヌエリアには、日本の領事に当たる機関がまだ存在していません。したがって、われわれがマヌエリア国内でどんな目に遭おうと対処してくれるところがないわけです。マヌエリアはとりわけ、ご存じのような状態ですからね。これはたいへん危険であることを意味します」

「だが、あなたたちはほとんど自由に出入りしているように見える」

「軍の……、もっとはっきり言えば、最高指導者であるアントニオ・サンチェス将軍の許しを得たときだけは入国と滞在を許されるのです。彼が認めていない時間は国内にとどまっていることは危険です。したがって、こうした行き来をすることになるというわけです」

「今回のことは、計画どおり話が伝わっているのでしょうね」

ホワイトが念を押すように言った。

「当然です。私は、将軍官邸であなたがたの帰りを、そして串木田支社長の帰りを待つことになります」

「われわれは、政府軍にも身分を知られたくありません。その点は肝に銘じておいていただきたい」

「その点が私には納得がいかない」

上原は言った。「少なくともこの件に関する限りは、政府軍は味方ですよ」

「敵をあざむくときには、味方もあざむかねばならない――中国にはそういう諺《ことわざ》があるそうです」

「なるほど……」

「ミスタ・ホワイトはひかえめな言いかたをした」

ワイズマンが言った。「今回の作戦では、俺たちは誰も信じちゃいないということですよ」

上原はワイズマンの皮肉をずっと不快に思い続けてきた。

しかし、今彼と仲たがいをするわけにはいかなかった。上原は、ワイズマンを無視することにした。

上原はホワイトに言った。

「私が軍から借りてあげられるのは、旧型のジープが二台だけです」

「充分ですよ」

ホワイトが言った。

ジープの一台には背広姿の佐竹といかにも秘書然としたマーガレット、そして、通訳という触れ込みでバーミリオンが乗ることになっていた。

もう一台には、ホワイトとワイズマンが乗り、佐竹たちとは別行動を取ることになっていた。

ホワイトとワイズマンは、政府軍に対しては、丸和商事がサンパウロで雇った警備責任者ということになっていた。

彼らふたりは、佐竹たちがＦＦＰと接触するまえにジャングルへ入り、状況確認と援護をすることになっていた。

六人を乗せたダッソー・ファルコンは、大きくバンクした。

高度を下げ、ジャングルの上を通過する。サンピラトの空港が遠くに見えてきた。

上原の一行は、暑苦しい部屋で長い間待たされた。

廊下を歩く足音が聞こえてきた。複数の足音だった。やがてドアが勢いよく開き、ホセ・カレロ大佐が、いつもの下士官を連れて現れた。

一同は形式的に立ち上がった。

カレロ大佐は一行を素早く見回した。その眼にたいへん珍しいことだが感情が宿った。驚きの表情だった。

その驚きの眼はワイズマンに向けられていた。

ワイズマンは、やはり、驚きのために両方の眉を釣りあげたが、すぐに興味深げな笑いを浮かべた。

部屋にいた他の全員は、ふたりのやりとりをいぶかしげに見つめていた。

カレロ大佐は上原に尋ねた。

「あなたの会社の警備責任者というのは、この男か？」

上原はこたえた。

「ええ……。彼と、そのとなりにいる男がそうです」

ホワイトがうなずきかけた。

カレロ大佐は、ホワイトの頭の先から爪先《つまさき》までをさっと観察した。

そして、おもむろにワイズマンのほうを向いた。

「このあいだキリストを殺したと思ったら、今度は日本人の手下か？　ユダヤ人？」

ワイズマンは皮肉な笑いを浮かべたままだった。

「あんたこそこんなところで何をやってるんだ。先祖の真似をしてインディオを虐殺してるんじゃないだろうな？　え？　スペイン人？」

カレロ大佐の顔が赤く染まった。

客だけでなく、部下までがひどく緊張した。彼が顔色を変えるところなどほとんどの人間が見たことはないのだ。

しかも、この場合、誰もが、カレロは怒っているのだと思っていた。

佐竹はワイズマンの無神経さをなじりたい気分だった。大切な作戦のまえなのだ。

しかし、ワイズマンの返答は、計算され尽くしたデリケートなものであることがすぐにわかった。

カレロ大佐がこらえきれなくなったとばかりに大笑いを始めたのだ。

ワイズマンも笑っていた。

「ワイズマン」

カレロ大佐は親しみをこめて言った。「日本の商社のガードマンだって？　いい身分だな、おい？」

「金になるんでね」

カレロ大佐は、さっと上原のほうを向いた。

「話がある。あとで、ひとりで私のところへ来てくれ。案内を寄こす」

彼は、もう一度、一行の顔を見回した。

そして言った。

「ジープを二台用意してある。わが軍が君たちにできる援助はそれだけだ。君たちはわが軍とは別の方針を持っているからだ。そして、われわれが君たちに残してやれる時間もあまりない。近いうちに、われわれはFFPの殲滅《せんめつ》戦を展開する」

「それはいつの話か――と訊いても教えてはくれないのだろうな？」

ワイズマンが尋ねた。カレロ大佐と対等に口をきけるのは、この部屋のなかでは彼だけだった。カレロ大佐が不思議なことにそれを快く受け入れているのだ。

彼は言った。

「もちろん、軍事機密だ。ジャングルのなかに用があるなら、せいぜい急ぐことだ」

カレロは下士官をしたがえて部屋を出て行った。

カレロ大佐の足音が遠ざかるとホワイトがワイズマンに言った。

「君は私が思っているより、ずっと有名人らしいな。どういうことか説明してくれるだろうな」

「私がインドシナから引き揚げて、米軍を退役したあと、傭兵としてアフリカで戦ったことがある。ジンバブエだ。そのとき、同じ傭兵として彼がいた」

「君はさっき、彼のことをスペイン人と呼んだな？」

「そう。彼は中南米の人間ではない。スペインの軍人だった。おそらくは、ノリエガが民兵を募ったときに、傭兵部隊のひとりとしてやって来たのだろう。プロ中のプロだ。すぐさまノリエガの信頼を勝ち得て昇進したことは簡単に想像がつく」

「いろいろなことが考えられるわね……」

マーガレットが言った。「彼は間違いなくプロの軍人だわ。でも政治家ではない。ひとつの国家、ひとりの人間に忠誠を尽くすという人間でもなさそうね」

「そのとおりだ。しかし、今はこの国の実力者だ」

ワイズマンが言った。

「もし、うすぎたない陰謀があったとして――」

佐竹竜がワイズマンに尋ねた。「その片棒をかつがされているとしたら、彼はどう思うかな？」

ワイズマンは、佐竹を見つめた。今の質問はたいへん重要な要素を含んでいるような気がした。おそらくは自分たちの運命を左右するほどに――。

ワイズマンは慎重にこたえた。

「そういうものには、彼は不快感を感じるはずだ。彼は立派な軍人であり戦士だ。誇りを重んじる。街中のギャングどもとも無縁なら、政治家どもの陰謀も軽蔑するに違いない。だが、これが大切な点だが、必要とあらばやつは眉ひとつ動かさずに何でもやってのける」

佐竹をはじめ、トランプ・フォースの隊員たちは、ワイズマンが言った意味を完全に理解した。

「どういうことだね」

上原がワイズマンに訊いた。「君たちが何の話をしているのかさっぱりわからん」

ワイズマンは涼しい顔でこたえた。

「彼が——ホセ・カレロが敵に回った場合のことを考えているのさ」

ホワイトは、上原に言った。

「私とワイズマンはそろそろ出かけるとしよう。早いうちにジャングル内の地形と、敵の配置を把握しておきたい。私たちが使えるジープがどれかわかるとありがたいのですが……」

「わかりました。外までいっしょに行きましょう」

上原は、兵士に自分たちのために用意されたジープはどれかを尋ね、将軍官邸に入館する際に強制的にあずけるように言われた荷物を取り戻した。

ワイズマンの荷がいちばん大きく重かった。

ホワイトとワイズマンは自分たちの荷を後部座席に放り込むと、出発した。

ワイズマンがハンドルを握っていた。

「どうも虚仮《こけ》にされているような気がする」

彼は言った。

ホワイトはそれにこたえた。

「そう……。だが、依頼は依頼だ。われわれは、誘拐された支社長を救出することに全力を尽くさねばならない」

「だが、やはりこの話は妙だ。現地のゲリラがわざわざ日本人を誘拐する理由がない。声明では政治犯の釈放を求めているというが、マヌエリア政府がそんな取引に応じないのは火を見るより明らかだ。俺は、この誘拐に自分たちは無関係だというＦＦＰの言葉を信じていいような気がする」

「そうだな……。しかし、ひとりの日本人を殺し、支社長を誘拐した連中がいることも確かなんだ」

ワイズマンはそれ以上何も言わなかった。

ジープがジャングルへ入るとすぐ、ワイズマンは道からそれて駐車した。

ワイズマンとホワイトは、トランプ・フォースの正式装備のひとつ、バックマスター・

ナイフで手早く草木を刈り、ジープにかぶせた。

ジープを隠すとふたりは、ジャングル迷彩の野戦服に着替えた。靴も軽くて丈夫なジャングル・ブーツに替える。

さらに、グリーンや茶色の迷彩クリームを顔や腕に塗った。

「くそっ！　いまいましいインドシナを思い出すな……」

「話には聞いている。ひどいジャングル戦だったらしいな」

「ああ……。あそこへ行った連中は多かれ少なかれ、どこかおかしくなっちまった。『タクシー・ドライバー』見たろう？」

「君は正常に見えるが……？」

ワイズマンは、迷彩クリームを塗る手をほんの一瞬止めた。

作業を再開して彼は言った。

「いや……。最もおかしくなった部類じゃないかな？　俺は戦わずにはいられなくなった。戦場以外では生きられなくなっちまったんだ」

ホワイトは言った。

「まれにそういう人間が出来上がる。だが、なぜ傭兵に？　微妙な問題なんで誤解せんで聞いてほしいが、君が望めば戦うべき場所は別にあっただろう」

「ユダヤ系とイスラエル人は違うんだよ。あんた、パレスチナのことを言ってるんだろう？　俺はイスラエル人ではなくアメリカ人なんだ。それに俺は大義のために戦う気などない。いい金になる仕事をするだけだ。俺にとって戦場は、野球選手にとってのグラウンドだ。それ以上でもなければ、それ以下でもない」

ホワイトはうなずいただけで何も言わなかった。

彼らは腰のベルトにホルスターを下げ、まったく同じ形の自動拳銃を収めた。たいへん簡略な形をしている。フレームが一体成型のプラスチック製で、一度に十七発の九ミリパラベラム弾を装塡できる。トランプ・フォースが正式に採用しているオーストリア製のＰＩ80――通称グロック17だ。

このピストルは、安全装置がトリガーと一体になっており、薬室に弾丸を入れたまま携帯しても危険がない。したがって、すぐに撃ち出すことができる。

ホワイトは、ふたつに分けた銃身をひとつに組み立てていた。八角柱の筒型のマガジンをその銃身に平行に取りつけると、百連発の軽ライフル、キャリコＭ１００が完成した。

「百連発というのはいいが――」

ワイズマンが言った。「そいつは、ミス・フィーディングが多い」

ミス・フィーディング、あるいはフィーディング・トラブルというのは、弾が銃内でひっかかり、銃が作動しなくなることを言う。

ホワイトは言った。

「発売当初はそういう評判だった。もちろんこれは改良されている。二二口径弾百発を、まったくトラブルなしに発射できる」

ワイズマンは次に、サブマシンガンを取り出した。銃口部が特徴的だった。スライド・イクステンションの上部を大きく切り取った形をしているので、発射ガスを上方だけに逃がし、マズル・コンペンセイター（銃口制退器）の役割を果たしている。つまり、銃口が跳ね上がるのを防いでいるわけだ。

それは、ポーランドのWz63だった。これもトランプ・フォースが正式に採用している銃器だ。

さまざまな長所があるが、最大の特色は、片手でコッキングできる点だ。前方に突き出したスライド・イクステンションを、壁や膝などに押しつければそれでスライドが後退してコックできる。そしてすぐに撃つことができるのだ。連射速度は毎分六百発だ。

ワイズマンは、二十五発入りのマガジンを五個、ポケットに入れた。

さらに彼は、手榴弾の入った袋を肩からはすにかけた。

「さ、行こうか」

ホワイトが言った。ふたりは最後に、バックマスター・ナイフが収まったシースを腰にくくりつけていた。

ふたりは、ジャングルの奥へと進み始めた。

9

「私たちに与えられた時間は二時間だ」

ホワイトは、ジャングル内を走る一本の道路と並行して進みながら言った。

すぐに迷彩服は汗まみれになった。

「だいじょうぶだ」

ワイズマンが言った。「バーミリオン・チームの連中が詳しくランデブーの場所を指示してきている。俺たちは、その周囲のどこかに居場所を確保すればいいんだ。おそらく、敵がしているのと同じようにな」

米陸軍特殊部隊は、世界で最も優秀なサバイバリスト集団のひとつだ。ワイズマンは、その米陸軍特殊部隊——通称ＳＯＦの隊員としてジャングル戦を経験していた。

ホワイトにとって、これ以上のパートナーはなかった。

ワイズマンは生い茂るシダ類や、巨大な葉を持つ熱帯性の植物を慎重にかき分けながら進んだ。

植物の濃密なにおいがした。

「ジャングルに入ると、いつも思うことがある」

ホワイトがごく小さなささやくような声で言った。「この世界は動物たちが生まれるまえからあり、おそらく、動物が滅んでも生き残るのだろうと。とにかくすさまじい植物の生命力を感じる」

「だからと言って、古く安っぽい探険小説みたいに、巨大な花や蛇みたいな蔓《つる》が俺たちを襲うわけじゃない。俺たちにとって危険なのはやはり獣であり、毒を持つ爬虫類だ。そして、獣のなかで最も危険なのは、銃を持った敵だ」

突然、樹上からふたりの上に、ポトポトと何かが落ちてきた。

ふたりは顔色ひとつ変えず互いの肩や首にくっついた黒いグロテスクなものに手を伸ばし、無造作につまんでは捨てていった。ヒルだった。

「あんたがジャングルに慣れていることがこれでよくわかった」

ワイズマンはホワイトに言った。「たいていの人間は、あのヒルを見て意気消沈してしまうんだ」

「そう。ベテランは君だけじゃない」

ふたりは前進を続けた。

ふとワイズマンが足を止めた。

彼は無言で腰を落とした。ホワイトは、ためらわず彼に倣《なら》った。

ワイズマンは、ジャングルの一方を指差した。

ホワイトはうなずいた。

白っぽいシャツが動くのが見えた。ＦＦＰに違いなかった。

服装の上ではホワイトとワイズマンのほうが圧倒的に有利だった。

迷彩というのはジャングルのなかでは驚くほどの効果を発揮するのだ。

ワイズマンは充分に注意深く動いていたので、まだ彼らに発見されていなかった。ワイズマンとホワイトは、むせかえるような緑のにおいのする茂みのなかにすっぽりと身を隠した。

ＦＦＰのリーダー、エル・ガトーが指定してきた場所は目と鼻の先だった。

ホワイトとワイズマンは、そっとあたりをうかがい地形、樹木の特徴、枝の動き、葉の揺れなどをつぶさに観察した。

ホワイトは、蔓がからまった大木を指差し、続いて自分を指差した。さらにもう一度その大木を指差す。

ワイズマンはうなずいた。

ホワイトは、そっと地上から生える濃緑色の茎や枝葉をかき分けながら大木に向かって進み始めた。

自動小銃キャリコＭ１００を持つホワイトが樹上に登り、狙撃兵の役に回ったのだ。

ワイズマンは、ホワイトと敵の様子を交互に見て、いつでも援護できるように、Wz63を構えた。

ホワイトは実にうまく移動した。シダの葉や草木の揺れは、ごく自然の動きにしか見えなかった。

行軍の手本のような動きだ。さらに、彼は巻きついた蔓と枝を巧みに利用して猿のように木に登り始めた。

突然、足をかけた枝が折れた。その音が響いた。

ワイズマンは、はっとしてゲリラたちの様子を見た。ゲリラたちは、いっせいにその音のほうに注目したようだった。

ワイズマンはWz63をコッキングした。

そのとき、ホワイトが登っている大木の枝のひとつから、名も知らぬ巨大な鳥が、奇妙な鳴き声を残して飛び立った。

おそらくホワイトが近づいたことに警戒して飛び立ったのだろうが、それがうまくカムフラージュの役目を果たしてくれた。

ＦＦＰの連中は、音を立てたのは鳥だったのだという結論をすぐさま下したのだった。

彼らは何事か相談して、散開した。

おかげでワイズマンは彼らの人数を知ることができた。

四人がジャングルの茂みのなかに隠れている。

ホワイトは手ごろな枝におさまった。葉を体の周囲に寄せて姿を隠す。迷彩のせいで、たちまち彼の姿は見えなくなった。

さすがにワイズマンも、ホワイトの姿を見つけることはできなくなった。

ホワイトの位置からなら、潜んでいる四人のFFPメンバーが見て取れるだろうとワイズマンは思った。

状況は一時的に落ち着いた。

あとは、FFPのリーダーと、佐竹たちがやって来るのを待つだけだった。

ワイズマンはひとまず、Wz63のコックを解除して安全装置をかけた。


バーミリオンは、ジープのハンドルを操りながら佐竹に言った。

「あんた、ニンジャなんだってな」

バーミリオンの英語にはかすかではあるがラテン系の訛《なま》りがあった。

西欧人に日本の古武術の話を理解してもらうのはたいへん難しい。

彼らにとっては、どんな流派でも空手はすべてカラテなのだ。中国武術と空手の区別をつけられる者もまれだ。

「まあ、似たようなもんだ」

佐竹は答えた。

「頼りにしてる。私たちはＦＦＰのリーダーとの会見に際しては徹底的に武装解除されるだろう。カミソリの刃一枚持たせてはくれないはずだ。いざとなったら、われわれは素手で戦わなくてはならない」

「わかっている」

佐竹はうなずいた。「その点では、このマーガレットもエキスパートだ」

「カンフーか？」

「まあ、そう言ってもらってもかまわないわ」

マーガレットは佐竹と似たような言いかたをした。

多種多様に分派した中国の拳法を一言で説明することもできない。

李文華《リー・ウェンファ》――マーガレット・リーは、内家拳三門を体得していた。内家拳三門とは、形意拳、太極拳、八卦掌《はっけしょう》を指し、いわゆる柔拳とも呼ばれている。

形意拳は一見技《わざ》が単純そうに見えるが、その意味合いは深い。

掌で上から打つ「劈《ピイ》」、拳で下から突き上げる「鑽《ツァン》」、拳でまっすぐに突く「崩《ポン》」、一方の手で受け、同時に他方の手の拳で突く「砲《パオ》」、拳で横に打つ「横《フン》」の五つの技が基本になっている。

いずれも覚えるのは簡単だが、その意味を悟るのには長い年月がかかる。

太極拳では、徹底した接近戦と、発勁《はっけい》を学ぶ。

発勁は筋力だけではなく、関節の回転やスナップを十二分に生かし、また呼吸法とも連動させ、爆発的な破壊力を得る技法だ。

さらに、八卦掌は、中国拳法の奥義《おうぎ》とされている。

拳は一切使わず、開掌で行なう拳法だ。変幻自在に舞い、翻るてのひらは、蝶を思わす。

円の動きを重視したこの武術は、優雅な見かけに反して、たいへんおそろしい威力を持っている。

八卦拳と対戦した相手は、幻惑され、自分の力をすべて無効にされる。これを「化勁」という。そして、恐怖と絶望のうちに倒されるのだ。

「トランプ・フォースのなかでも、君たちホワイト・チームはちょっと変わった連中だ」

バーミリオンが言った。「訓練中は、落ちこぼれだった。しかし、実際の任務では目ざましい活躍をする。例えば例のパリの事件だ。ＯＥＣＤ本部の爆破を阻止できたのは、ひとえに、君たちの働きがあったからだと聞いている」

「ワイズマンさ」

佐竹は言った。「デービッド・ワイズマンは、その世界では名の知られた傭兵だったそうだ。彼の情報網が役に立ったんだ」

バーミリオンは首を振った。

「もとすご腕の傭兵にニンジャ、そして女性カンフーか……。まったく変わったチームだよ。そして、私は、君たちに、神秘的なものすら感じている」

「神秘などではない。武術も長年の工夫と訓練の賜物だ。訓練だけではだめだ。工夫が必要だ。また工夫したらそれを試し、身につけるためにさらに訓練が必要になる」

「そうかい？　だがそう聞いても、やっぱり君たちは神秘的だ」

「それは忌み嫌っているという意味だろうか？」

バーミリオンは、かすかに頬をゆがめて笑った。

「逆だよ、君《アミーゴ》。その神秘性に賭けてみようと思っているわけさ」


バーミリオンはジャングルのなかに入っても落ち着き払っていた。

まるで自分の町をドライブしているようにさえ見える。

彼はジープを路肩に停めた。

「ジャングルへ入って、ぴったり三キロ――指定の場所だ」

佐竹は、周囲の濃密な緑を注意深く観察していた。マーガレットも警戒をしている。

かすかな物音がして、三人は同時にそちらを向いた。

大きな葉の茂みの陰からM16を構えたラテン系の男が現れた。厳しい眼で佐竹たちを見つめている。

その男とジープをはさんでまったく正反対の方向から、またひとり現れた。ＸＭ１７７カービンを持っている。

ＸＭ１７７を持つ男は、佐竹たちを見つめながら、後方に合図をした。

ＸＭ１７７の男のうしろからジョルディーノが現れた。

バーミリオンは完全に無表情だった。彼は、まったく初めて会った男のようにジョルディーノを見た。

ジョルディーノはバーミリオンにスペイン語で言った。

「あんたが通訳か？」

「そうだ」

「そこの日本人に伝えてくれ。これから、自由パナマ戦線のリーダーのところへ案内する、と」

バーミリオンは、ジョルディーノが言ったとおりのことを英語に直して佐竹とマーガレットに伝えた。

ふたりはうなずいた。

「ジープから降りるんだ」

ジョルディーノが言った。

バーミリオン、佐竹、マーガレットの三人はゆっくりと言われたとおりにした。

「ちょっと待て」

XM177を持つ男が言った。スペイン語だった。「なぜ通訳が必要なんだ？　ブラジルの商社にいるのなら、その日本人たちはスペイン語くらい話せるはずだ」

「もちろん、話せる」

佐竹はスペイン語で言った。

すかさずマーガレットがそのあとを引き継いだ。

「しかし、問題はたいへんデリケートです。わずかな誤解から間違いが起こらないとも限りません。そこで私たちは、スペイン語を母国語とする人を連れてきたわけです」

それはなめらかなスペイン語だった。

XM177を持つ男はマーガレットをしばらく見すえていたが、やがてうなずいた。

「いいだろう。だが、念のために、身体検査をさせていただく」

佐竹は半袖の白いシャツに、紺色のズボンという出立《いでた》ちだった。靴はスニーカーだ。

どこにも武器を隠すところはなさそうだった。

三人は、M16を構えていた若者に衣服の上から体をあらためられた。

浅黒い肌の若者は、マーガレットの体を調べるとき、わずかに躊躇したが、手早く作業をやってのけた。それだけでも彼は充分に楽しめたようだった。

身体検査が終わると、XM177を持つ男が先頭になった。

次にジョルディーノが続く。

バーミリオン、佐竹、それにマーガレットは、M16で脅《おど》されて、彼らのあとに続いた。

M16を持った若者が最後尾だった。

彼らは一列になってジャングル内を進み始めた。

ワイズマンは、ジープのエンジン音が聞こえたときから、何が起こってもいいように準備をしていた。

スペイン語の会話は、遠すぎて何を言っているのかまったくわからなかった。

やがて、一行が近づいて来る気配がしてきた。ワイズマンはWz63のグリップとバーチカルグリップを両手でやんわりと握っていた。

ホワイトは、近づいて来る佐竹たちの姿を完全に見て取ることができた。

彼は、キャリコM100の折りたたみ式の肩あてを伸ばして、狙撃用にした。二二口径などおもちゃのようなものだと言う人間もいるが、使いようによっては、充分な効果を期待できる。

佐竹たちは立ち止まった。

ワイズマンには気配でそれがわかったし、ホワイトは視界に収めていた。

しかし、エル・ガトーの出現は、ホワイトを心底驚かせた。どこから現れたのかまったくわからなかったのだ。気がついたらそこにいたという印象を受けた。

彼こそ、ゲリラのなかのゲリラだという気がした。

ロペスとリョサが現れ、ホワイトはようやくエル・ガトーも蔓がいく重にも重なり合っている老木の枝から降りて来たのだということがわかった。

ホワイトは、いぶかった。

ひょっとしたら、ＦＦＰのリーダーも、こちらの動きを一部始終見ていたのではないかと思ったのだ。

〈それならそれでいい〉

彼は考えた。〈それで五分と五分だ〉

ロペスとリョサ、それにジョルディーノは武器を持たされていなかった。

会見に立ち会っているトランプ・フォース側の人間は、ナイフ一本持ってはいない。

佐竹とエル・ガトーは、互いに睨《にら》み合っていた。

「君がＦＦＰのリーダーか？」

佐竹はスペイン語で尋ねた。

「そうだ。エル・ガトーと呼ばれている」

不思議なことに佐竹は、そのときこのゲリラの頭目に魅力を感じていた。

「要求は何だ?」

「理解してもらうことだ?」

「誘拐を容認しろという意味か?」

エル・ガトーは優雅ともいえる仕草で否定した。

「そうではない。われわれがやっていないということを信じていただきたかったのだ」

「やっていない……?」

佐竹は譲ろうとしなかった。「そんなことが信じられるものか」

「俺たちは、丸和商事とFPの間に立って金儲けをしようと考えていた」

リョサが言った。「だが、それは不可能だということがわかった」

話が込み入ってきたので、バーミリオンが佐竹に通訳した。

リョサは続けて言った。

「たいへん残念なことに、エル・ガトーの言っていることは本当だ」

佐竹は英語でつぶやくように言った。

「では、いったい誰が支社長を誘拐したのだ? 支社長はどこにいるのだ……?」

エル・ガトーは言った。

「私もそれをぜひつきとめたいと考えている」

10

上原秘書室長は、下士官に案内されてホセ・カレロ大佐の執務室にやって来た。

カレロ大佐の執務室は、アントニオ・サンチェス将軍との謁見《えっけん》の間と同じく右翼側の一階にあった。

ひどく殺風景な部屋だった。

壁には絵画の類が一枚もない。代わりに、陸軍の作戦用大縮尺地図が貼られている。その地図には赤や青のエンピツで書き込みがされたり、ピンがささったりしていた。

大きな机があり、質素なライトと、頭に消しゴムが付いた黄色い軸のエンピツが何本かころがっている。

書類はきちんと整理されていた。

ホルダーが山と積まれていたが、それは本人の手によって分類されていた。

アントニオ・サンチェスは、マヌエリア軍にとっては、教祖的存在だ。それはなくてはならない指導者なのだ。

一方、ホセ・カレロは、軍の実権の大部分を任されていた。

殺風景と上原が感じたのは、カレロ大佐の性格が部屋の作りかたに反映しているせいかもしれなかった。

カレロ大佐は、椅子にすわり、体を机を乗り出すようにして上原を迎えた。

彼は、下士官にすぐ出て行くように顎で命じた。

ふたりきりになると、カレロ大佐は上原に言った。

「私はトランプ・フォースという集団の実体をよく知らなかった」

「そのことが今回の計画と何か関係があるのでしょうか？」

「おおいにある。私はワイズマンを敵に回したくはない」

「ワイズマン？　あのユダヤ人ですか？　そういった感傷は、あなたらしくないと思うのですが」

「感傷などではない」

ホセ・カレロ大佐の黒い眼が、何かの感情のために光った。怒りだったのかもしれないと上原は思った。

「感傷ではない？　では何だと言われるのですか？」

「デービッド・ワイズマンの名を知る者は、彼を敵に回すのを避けるのを常識としている。傭兵は数々の伝説を生む。伝説は語り継がれる。そして、あのワイズマンは、そうした伝説のなかの人物のひとりだ」

「あなただってそうでしょう」

ホセ・カレロはおだてに乗るような人物ではなかった。

彼は静かにかぶりを振った。

「正直に言う。私のこれまでの功績は、彼とともに戦ったときのものが圧倒的に多い」

「だが、あなたは今のマヌエリアの、ナンバー・ツーなのですよ」

カレロはしばらく黙っていた。

長い沈黙のすえ、彼は言った。

「マヌエリアでの権限が何だと言うのだ。所詮、素人のゲリラ相手の戦功で勝ち得たものにすぎない。私は戦いを常に求めている。そのためにはマヌエリアでの実権など捨てていいとさえ思っている」

「危険な発言ですな。今の言葉がサンチェス将軍やノリエガ将軍の耳に入ったら……」

カレロの眼光がさらに鋭くなった。左目の下から頬にかけての傷が赤黒い不気味な色に変わっていく。

彼は明らかに怒っていた。

「サンチェス将軍やノリエガ将軍――私は彼らを恐れてなどいない。私はいつでも戦いのフィールドに戻ることができる。だが、私は、トランプ・フォースを――あのデービッド・ワイズマンを恐れていることは素直に認めよう。そして、彼の仲間たち——君から報告されているところによれば、例のホワイトという西欧人、そして、東洋人の男女に、ラテンアメリカ人が三人。そのうち二人はＦＰにもぐり込んだという話だったが……。私の眼から見ると、ホワイトという男とバーミリオンというラテンアメリカ人も、ワイズマンに劣らぬ歴戦の戦士だ。東洋系のふたりには何か得体の知れないパワーを感じる。彼らからは戦場の硝煙のにおいはしないが、確かに戦うことを訓練された人間であることはわかる」

「支社長と私の計画では——」

上原は、冷静にカレロ大佐を見つめて言った。「トランプ・フォースと敵対するのは、マヌエリアの政府軍ではありません。ＦＦＰの連中です。トランプ・フォースはＦＦＰをテロリストと見なし戦闘を開始する。マヌエリア軍は、それを支援する形で、総攻撃を開始する。ころあいを見て、支社長を、マヌエリア軍が救出したことにする。トランプ・フォースの面々には気の毒だが口封じのために死んでもらう——そういうシナリオだったはずです」

「トランプ・フォースの実体を知るまではたやすい計画だと思っていた。今は違う。彼らはエキスパートの集まりであることがわかった」

「だから何だと言うんです」

上原は平然と言った。「マヌエリア政府軍の圧倒的兵力と重火器の量。何も恐れる必要などないはずです」

「君は戦争の何たるかを知らんのだ。凡百の兵より、ひとりの知将が重要なのだ」

「あなたがその知将だ」

今や、立場が逆転しつつあった。上原はカレロ大佐に対して高飛車に出ていた。「今回の計画は今後のマヌエリアの明暗を分ける重要なもの――それが、私たち丸和商事と、アントニオ・サンチェス将軍閣下との共通の見解です。あなたの泣き言が入る余地はありません」

「泣き言だと――」

カレロ大佐は言った。「いいだろう。ただちに、作戦行動を開始する。ただし」彼は身を乗り出して、上原の顔に人差し指を向けた。「もし、作戦が失敗したとき、今の言葉を君にそっくり返してやろう」

カレロ大佐は、さっと立ち上がった。

「軍曹！」

彼はドアの外に向かって叫んだ。

たちまちドアが開いて、いつもの下士官が顔を出した。

カレロ大佐は上原の存在などもはや無視して、きびきびと命じた。

「ゲリラ討伐作戦を開始する。すみやかに出兵だ」

軍曹は、挙手の礼をした。

急に将軍官邸内がにぎやかになった。

カレロ大佐は、ゆっくりと上原に視線を向けた。

「さあ、これで私もあなたも逃げられなくなった」


政府軍中央司令部から命令が発せられ、ゲリラ討伐隊の第一陣がものものしく出発した。

ジャングルを目指したゲリラ討伐隊は以下の規模だった。

陸軍歩兵一個中隊（三個小隊）。

空挺部隊一個中隊（三個小隊）。

車両部隊一個小隊。

補給部隊。

各国の報道機関は、この思い切った軍部の行動に度肝を抜かれてしまった。

日本の政府は、再三出兵を見合わせるよう、サンチェス将軍あてに要請を出していたが、サンチェス将軍は取り合わなかった。

ゲリラ討伐軍出兵のニュースが、ＡＰ、ＵＰＩ、ならびに共同通信社などから入電するや否や、日本政府の要請は抗議に変わった。

つまり、日本政府もついに、後の祭りと諦《あきら》めたことを意味していた。

トラックで兵員輸送される陸軍歩兵三個小隊のなかには、陸軍特殊部隊が二個分隊含まれていた。

五人から成るチームで、ジャングル戦は彼らの専門分野だった。

空挺部隊は、いち早くヘリコプターで運ばれ、ジャングル内にロープ降下した。

急襲を目的としたこの部隊は、とにかく派手に撃ちまくることが義務づけられてきた。

ジャングルの外では、銃座にすえた重機関銃が列を成して待ち受け、さらにその外側では、車両部隊による無反動砲が鎮座していた。

ジャングルの周囲は、ヘリコプターの爆音や、トラック、ジープのエンジン音でたちまちにぎやかになった。

「政府軍だ！」

ＸＭ１７７を構えた男が言った。

エル・ガトーは一瞬、色をなした。

「これはいったいどういうことだ」

佐竹は舌打ちした。

「われわれが知るはずがない」

彼は言った。

ＦＦＰのメンバーが藪《やぶ》のなかからスペイン語で何ごとかわめきながら飛び出して来た。

イングラムM10サブマシンガンを持っている。一分間に千発の弾丸を発射するおそろしい武器だが、見かけは簡素でブリキのおもちゃを思わせる。

イングラムは、ぴたりと佐竹に向けられていた。佐竹は、自分が確実に撃たれると思った。

人間の反射神経による行動は〇・二秒が限界と言われている。いくばくかの判断が必要な場合、その数倍の時間はかかる。

佐竹は回避行動を取ろうとしたが、間に合いそうになかった。

事実、銃声がしたとき彼はまだ動けずにいた。

バーミリオンやマーガレットも同様だった。

イングラムを横向きに掃射されたら、三人ともほぼ同時に平均五発から七発の弾丸をくらうはずだった。

しかし、三人は無事だった。

飛び出して来たＦＦＰのメンバーは、イングラムを放り出し、肩を強く突かれたように体をひねって生い茂る大きな葉の上に倒れた。

肩に三発くらっていた。彼は、ショックで気を失ったような状態になっていた。

ワイズマンが、Wz63のトリガーをひと絞りしたのだ。

Wz63はトリガーの引き具合で、セミオートとフルオートが切り替わる。このように一度引いてすぐに指をはなすと、弾は二、三発ずつ飛び出して、効果的な射撃ができる。

イングラムM10の男が倒れるときになって、初めて、その場の人間が行動を開始した。

ＸＭ１７７の男は、咄嗟《とっさ》にイングラムを持って飛び出して来た仲間が撃たれたところを目《ま》のあたりにした。

彼の眼は、仲間が倒れるまで釘づけになっていた。

バーミリオンはそれを見逃さなかった。

ＸＭ１７７の銃口部のバレルを右手で握り、さらにトリガーの部分を左手でおさえた。

ＸＭ１７７の男は、銃を取られまいとし、また、自由を取り戻そうとしてあわてて体重をうしろにかけて両手を引きつけようとした。

バーミリオンは、そのタイミングに合わせて、押してやった。わずかに、右手を前に出し、左手を引くような要領でひねりを加えた。

ＸＭ１７７の男は銃を持ったまま、きれいに投げ出された。棒術のなかの裏投げに似ている。

バーミリオンは、そのまま男の上に体重を乗せ、ＸＭ１７７の銃身で、相手の喉を抑えつけた。

バーミリオンがXM177の男に飛びつくのと同時に、佐竹は狙いすまして、後ろ蹴りを放っていた。

軸足を曲げ、上体を大きく前方に倒す、独特の後ろ蹴りで、時には、体を支えるために、そのまま片手をつくこともある。

佐竹の踵《かかと》がきれいにM16を持つ若者の顎に入った。

一瞬、若者の眼の焦点が合わなくなる。

佐竹はすかさず飛び込み、片方の足で地面を強く踏みつけた。その反作用の力を、体のうねりで増幅させ、てのひらで爆発させた。

佐竹は、M16を持つ男に『打ち』を放ったのだ。

M16は宙に放り出された。

若者は、二メートルも吹っ飛び、木の幹に激突して崩れ落ちた。

リョサの動きも見事だった。

彼は、エル・ガトーが腰からサバイバルナイフをぶら下げているのにずっと注目していた。

リョサは、バーミリオンの動きと同時にそのナイフを抜き、左手をさっとエル・ガトーの首に巻きつけた。

ナイフは、ぴたりと心臓の位置にあてがわれた。

本来なら、そのまま腎臓を一刺しするか、背中から肋骨の間を通して心臓までナイフの刃をすべり込ませるのだが、この場合は、デモンストレーションが目的だった。

ロペスは、投げ出されたM16をさっと拾い上げた。

「リョサ！　何の真似だ？」

「さあな？　状況がまったくわからん。こうするしかあるまい。撃ってこようとしたのはそっちだ」

「だが、実際に撃たれたのはこっちだぞ」

彼らの短いやり取りは、サブマシンガンの発射音で打ち切られた。

全員がその場に伏せなければならなかった。

リョサは相変わらずエル・ガトーにナイフの刃を向けていた。

ゲリラ側とワイズマン、ホワイト側の撃ち合いの幕が切って落とされた。

ワイズマンは、撃っては絶えず移動した。長い連射は避けていた。相手がはっきり見えないのだ。弾丸はいくらあっても惜しい。

ホワイトも、セミオートでゲリラを釘づけにするためだけに弾を使っていた。

ゲリラ側は、迷彩服を着たふたりを見つけることができずにいた。彼らはなかば闇雲に撃っていた。

「リョサ」

エル・ガトーが言った。「どういうことなのかわからんが……？」

「言ったろう。俺もさ」

「なら、ひとつだけ私の言い分が通りそうな気がする」

「何だ」

「政府軍が迫り来るなかで撃ち合っているのは無意味であるばかりか、たいへん愚かだ。もし、君らが政府軍の側についているのでなければ、の話だが」

リョサは長年の経験から、即座に判断を下した。ナイフをエル・ガトーからそらした。

そのあとのエル・ガトーの行動は、リョサを心底驚かせた。

彼は突然立ち上がったのだ。

そして大きく両側に腕を広げ、手を開いた。ちょうどイエズス・キリストの像のように。

エル・ガトーは叫んだ。

「やめろ。撃つな！　撃つんじゃない」

もともと、ゲリラ側の発砲のほうがずっと多かったため、すぐに銃撃戦は終わった。

エル・ガトーはさらに叫んだ。

「われわれはどこかで間違いを犯している。それを明らかにしなければならない」

潜んでいたゲリラ全員が、そして、ワイズマンとホワイトもその言葉をはっきりと聞いた。

ワイズマンは、ひとりつぶやいていた。

「われわれ？　それは、やはり俺たちのことも含まれているらしいな」

ロペスはM16を、バーミリオンはXM177をそれぞれ奪っていた。

リョサは、エル・ガトーのサバイバルナイフを手にしていた。

リョサが言った。

「あんたの申し出はよくわかった。まず隠れているあんたの味方に、姿を見せるように言うんだ」

エル・ガトーは言うとおりにした。彼はこの一刻を争う状態で面子《メンツ》にこだわるほど愚かではなかった。

貧しい恰好のゲリラたちが四人立ち上がって姿を見せた。

「今度はそちらの番だ」

エル・ガトーが言うと、リョサはバーミリオンを見た。

バーミリオンは英語で言った。

「聞いているか、ホワイト？」

忍びの術顔負けに、ホワイトが緑のなかでぼんやりとその輪郭を見せた。

そのすぐ近くで、ワイズマンが立ち上がった。

「たったふたりだって！　そんなはずはない」

ゲリラのひとりがいきり立ってエル・ガトーに訴えた。

エル・ガトーは静かにかぶりを振った。

「いや、おまえたちは、あのふたりの幻を相手にしていたにすぎない」

ワイズマンが言った。

「はなっから、今回のことにゃ裏がありそうな気がしていたんだ」

「つまり、われわれの話し合いに応ずるということか？」

エル・ガトーが言った。

「それもいい」

「だが――」

エル・ガトーは、リョサに言った。「君たちの本当の正体を知りたいものだ」

リョサはバーミリオンの顔を見た。

バーミリオンは樹上を仰ぎ見て、ホワイトと無言で意見を交わした。

ホワイトはうなずいた。

バーミリオンは、片手でXM177を構えたまま、胸のポケットから、クレジットカードのようなプラスチックのカードを取り出した。

カードの地は金色で、その表には大きく丸にTの字がデザインされていた。

佐竹とマーガレットもまったく同じカードを取り出した。

エル・ガトーは、さすがに驚きの表情を見せた。

彼は思わずリョサに訊いた。

「君たちも、そして、あの木のそばにいる迷彩服のふたりも同じ身分なのかね?」

「そうだ」

「たまげたな……。噂には聞いたことがあるが、実際に出会うとは……。しかも、そのメンバーのなかに友人がいる……。トランプ・フォースか……」

リョサは言った。

「われわれは、誘拐《ゆうかい》された日本人の救出を目的としている」

エル・ガトーがこたえた。

「ならばわれわれ自由パナマ戦線を敵として争うのはまったく的はずれだ」

「最初は誰もそう思わなかった」

リョサは、まわりを見回して、そこにいる人々の顔を見回した。「だが、今では君の言うことがわかるような気がしている」

「では急ごう」

エル・ガトーは言った。「ここにいては、政府軍に皆殺しに遭うのを待っているようなものだからな。一度、われわれのキャンプへ戻るんだ。それから、逃げ道を考えよう」

異をとなえる者などひとりもいなかった。

全員はすみやかにエル・ガトーのもとに集結した。

「こっちだ」

エル・ガトーは歩き始めた。一行は後に続いた。佐竹にやられた若者は叩き起こされ、何が起こったかわからぬまま、仲間に引きずられて歩いていた。

11

キャンプはきわめて手際よくたたまれた。すぐさま移動準備がととのった。

「どうやらことの真相を話し合っている暇はなさそうだ」

エル・ガトーが言った。

「だいたい筋書きは読めたさ」

ワイズマンが言った。

「そう」

佐竹があとを引き継いだ。「真相を知っているやつの見当もついた。政府軍が攻めて来たことによってね。だが、問題は、真相を知っている人間のところへたどり着けるかどうかだ」

「やってみようじゃないか」

ホワイトが言う。「われわれトランプ・フォースはチームごとに戦う。エル・ガトー、あんたたちは得意のゲリラ戦を展開してくれ」

エル・ガトーはホワイトを見つめた。

「俺たちの側に立つというのか？」

「われわれは危険から自分たちの身を守る権利を世界の主要な国から承認されている。この場合、君たちとともに戦うことが身を守る最良の方法だと思わんかね？」

エル・ガトーはかすかに笑った。

「頼りにしていいんだろうな？」

「それには、銃がいるな。佐竹とマーガレット、それにバーミリオンのチームの三人に自動小銃があるとありがたい」

エル・ガトーはかぶりを振った。

「残念だがそれはできない。われわれは常に武器を必要としている。他の集団に供与するほど潤っているわけではない」

「問題ない」

ジョルディーノが言った。「俺たちが政府軍から盗み出した武器がある。ライフルにグレネード・ランチャーだ。弾薬もたっぷり。手榴弾もある。あれを使う分には文句はあるまい」

「ただし」

エル・ガトーが言った。「政府軍の攻撃をかわして、武器を隠している場所へたどり着ければな」

「やるしかなかろう」

ホワイトは言った。彼は胸のポケットから煙草の箱ほどの大きさの通信機を取り出した。見かけよりずっと強力な代物だった。

彼は言った。

「念のため、応援を呼ぼう」

ホワイトは、通信機でブラックを呼び出した。

ホワイトからの通信は、自動的にスクランブルをかけられ、通信衛星を経由して、ブラックの同形の通信機に届いた。

ブラックの声が返ってきた。ブラックは嚙みつくように言った。

「待ちくたびれたぞ」

ホワイトが言った。

「腕の見せどころだ、ブラック。われわれは今にも敵の大群に攻撃されようとしている。できる限りの装備で、できる限り早く駆けつけてほしい。場所はマヌエリアのジャングルのなか。この通信機から信号を発信しておく」

「くそっ。貧乏くじを引いた気がする」

通信が切れた。

「もう一チーム駆けつけてくる。さあ、分かれよう。間違ってもわれわれトランプ・フォースを撃たないでくれ」

ホワイトが言った。

「そっちもな」

エル・ガトーは真顔で言い、大きくさっと手を振った。

たちまちＦＦＰのメンバーはジャングルのなかへ姿を消した。


ワイズマンは、ＦＦＰのキャンプ跡にワイヤーと手榴弾でブービートラップを作った。足をワイヤーにひっかけると、手榴弾のピンが抜ける単純な仕掛けだ。

通常、このトラップを作る場合には、手榴弾の信管をうんと短くして、ピンが抜け、レバーがはじけたとたんに爆発するようにする。

しかし、ワイズマンは六秒信管をそのまま使っていた。

今回は敵を殺すのが目的ではなく、混乱させるのが目的なのだ。

三カ所に同じブービートラップを作ったワイズマンは、バーミリオン隊のジョルディーノに言った。

「さ、行こうか。武器の隠し場所、覚えてるんだろうな」

ジョルディーノはうなずいてから歩き出した。

「あんたもジャングルには慣れているようだが、俺たちだって慣れてるんだ。ここは故郷みたいなものだからな」

「まえから一度訊いてみたかったんだ」

「何だ？」

「ジョルディーノってのはイタリア系の名前だろう？」

「親父が南米に移住して来たんだ。わが一族はシチリア島の出だ」

「血の盟約……」

「そう。シチリア人の誇りだ」

「何の話だ？」

佐竹が訊いた。

「おまえさんの国にもいるだろう？」

ワイズマンが言った。

「ああ……」

佐竹はうなずいた。「マフィアか……」

先頭を歩いていたリョサが立ち止まり、腕を横に出し、てのひらを後方に向けた。

全員が口をつぐみ、足を止めた。

続いてリョサは、てのひらをくるりと回した。

そのとたんに、ふたりずつが組になって、トランプ・フォースは散開した。リョサとロペス、バーミリオンとジョルディーノ、佐竹とワイズマン、そしてマーガレットとホワイトがそれぞれパートナーとなっていた。

西の方角から政府軍の兵士が一列縦隊で進んできた。

胸のところで十字に交差しているハーネスで、空挺部隊であることがわかった。M16A2を持っている。

全部で十二人いた。

トランプ・フォースのメンバーは彼らをやりすごすつもりでいた。人数も敵のほうが勝《まさ》っているし、火力、装備ともに現段階では彼らのほうが上だ。

しかし、彼らも予想以上に訓練されているようだった。

軍曹の階級章をつけた男は、隊を止まらせた。

そして、さっと手を振ると兵士たちをそれぞれ木の陰に配置した。

膠着状態はトランプ・フォースにとってまったくありがたくなかった。

空挺部隊は先乗り部隊で、あとから本隊が駆けつけて来るのだ。

ワイズマンが苦《にが》い表情でWz63をコッキングした。

佐竹はワイズマンの腕を抑えた。

そして、片手でその場に残るように指示した。それは援護しろということを意味していた。

ワイズマンは驚いた。

そして佐竹を止めようとした。しかし、そのときはもう佐竹が飛び出したあとだった。

佐竹は、できる限り身を低くして移動していた。

だが敵にその動きを発見されていた。

何方向からか、自動小銃の弾丸が、草むらの動きに合わせて撃ち込まれた。

しかし、佐竹は、草や葉が揺れている場所とはまったく別のところから姿を現した。

援護しようとしていたワイズマンが思わず驚きの声を上げそうになったほどだった。

佐竹は、ひとりの兵士のすぐうしろに立っていた。

その政府軍兵士は振り向きざまに撃とうとした。しかし距離が近すぎた。

佐竹竜は左手で払うようにM16A2の銃口をそらしながら、インステップし、その勢いを利用して、掌底《しょうてい》で顎を突き上げた。

間髪を入れず、股間をブーツの縁《へり》で蹴り上げた。声にならぬ悲鳴を上げ、前方に体を折ってくる。その顔面に、左右の膝をフック気味に叩き込む。

兵士はたちまち眠った。

佐竹はその兵士からM16A2を奪い、進んだ。

並行してワイズマンが付いていった。

ロペスは佐竹の手口を見て、即座にそれを真似た。

佐竹ほど見事な目くらましはできなかったが、スピードが充分にそれを補った。

ロペスは、背後から腎臓に思いきりキックを見舞った。もがく相手の後頭部に狙いすました回し蹴り。兵士は昏倒する。

ロペスは奪った銃をリョサに放った。リョサが援護に回った。

マーガレットは、すぐ脇にあった熱帯樹を見上げた。

太い蔓《つる》がからまっている。

彼女はホワイトに合図して、自分が行くと知らせた。

ホワイトはうなずいた。

マーガレット・リーはほとんど音を立てずに木に登った。

蔓の一端を握って体重をかけてみる。その後に、彼女は、蔓にぶら下がり振り子のように宙に身を躍らせた。まるでターザンだった。

木陰で膝をついていた兵士は、全く不意をつかれた。

頭上からマーガレットが降ってきたのだ。敵は地面に叩きつけられた。何が起こったかわからないので、激しいショック状態にあった。

マーガレットは敵が恐慌をきたしているうちに、その頭にてのひらをあてがった。

腰を深く落とし、一瞬ぶるんと下肢を震わせていた。

同時に「恰《は》ッ」と鋭い気合いを発し、上体を鞭《むち》のようにしならせた。『発勁《はっけい》』だった。

マーガレットが全身から絞り出し、てのひらに集中させた衝撃力は、頭蓋骨を通して相手の脳に及んだ。たちまち、敵は脳震盪《のうしんとう》を起こした。

マーガレットは銃を奪い、バーミリオンに放った。

政府軍は互いに味方の動向を確認できずにいた。

ジャングル戦のおそろしいのはこの点だ。植物の密度がすさまじく、互いに姿を見続けていることができなくなる。

兵士たちは一瞬、孤立したような気分になるのだ。

その点、トランプ・フォースの連中は心得ていた。

最低自分のパートナーの位置だけは確認しながら行動していた。

ついに、政府軍のひとりが発砲した。

シダの巨大な葉が揺れるのを見て恐怖に駆られたのだ。

それを合図に、あちらこちらで撃ち始めた。

撃っているのはいずれも政府軍の兵士だった。

佐竹は、揺れるシダの葉陰にはいなかった。またしても彼は、敵の背後から忍び寄った。

敵は最初に撃ち出した男だった。

M16A2をフルオートで撃っている。たちまちマガジンを空にしてしまった。

兵士は、雑嚢《ざつのう》のなかからマガジンを取り出そうとしているが、すっかり恐怖に取りつかれていてうまくいかない。

佐竹は、ためらわず一歩踏み出して、すさまじい『打ち』を相手の背中めがけて放った。

兵士は木の陰から突然踊るような恰好で手を振りながら飛び出し、そのまま前のめりに倒れた。

佐竹は放り出されたM16A2と新しいマガジンを手にすると、ワイズマンのもとへ戻った。

「やっぱり、あんた、ニンジャだ……」

ワイズマンがあきれたように言った。

「そう。こいつは忍術の応用だ。『空蟬《うつせみ》』の術というんだ」

彼はそう言って、ポケットから細いワイヤーを取り出した。

ワイズマンがブービートラップに使用するのと同様のワイヤーだった。

「こいつを草や葉の根元にくくりつけて、遠くから引っぱるのさ。移動するときは、強く引けば、草や葉はちぎれる」

「なるほどね……。覚えておくことにしよう」

佐竹はワイズマンに、奪ってきた二挺のM16A2のうちの一挺を手渡した。

ワイズマンは、スリングで吊ったWz63を背に回して、M16A2を構えた。

敵はまだ撃ち続けていた。

「ロペスとマーガレットもがんばっているようだ」

佐竹が言った。

「あのふたりも、素手で戦っているのか？」

ワイズマンが尋ねた。

「そのようだ」

「あんたがつまらん手本を示すからだ」

「さ、ワイズマン。今度はあんたの出番だ。いちおう俺たちはM16A2を手に入れた。この火力だけで、この場から抜け出す方法を考えてくれ」

「まかせておけ」

彼は、肩にかけたバッグからエッグタイプの手榴弾M26と、細いワイヤーを取り出した。

「止むを得んことだが、これから先は、死傷者が出ることになるな」

「それが戦闘だ。そうだろう」

「いいぞ、坊や。おまえさんは、銃を撃ちながら、撤退戦の口火を切るんだ。その間に俺はトラップを仕掛ける」

「わかった」

「よし、行け」

佐竹は、姿勢を低くして木の陰へ移動すると、敵のいるおおざっぱな方向に向けてM16をセミオートで三発撃った。

敵は、佐竹のほうに猛然と撃ち返してきた。佐竹は、木々の間を渡りながら後退し、時々撃ち返した。

佐竹の目的を察知した、他のトランプ・フォースのメンバーも、なかば援護をし、そして、自分たちも佐竹と同じ方向に移動し始めた。

やがて、トランプ・フォースは合流する。

その間に、ワイズマンだけは、テープで手榴弾をいくつも固定する作業に追われていた。

トランプ・フォースは徐々にではあるが、確実に後退していった。

全員が目のまえを通り過ぎると、ワイズマンは、手榴弾のピンに結んだワイヤーを何本か束ねて持ち、トランプ・フォースの退路の後を横切った。

手早くワイヤーをいろいろな角度で木の幹や枝にくくりつけると、ワイズマンは仲間と合流し、撤退戦に加わり、M16A2を撃ち始める。

「こっちだ」

ジョルディーノが方向を示した。

ホワイトは、少なくとも三人以上の兵士の肩口や腕、足を撃ち抜いていた。

十二人の空挺隊員のうち、動けるのはもはや三、四人のはずだった。

ワイズマンが、突然叫んだ。

「伏せろ！」

反射的にトランプ・フォースのメンバーは地面に身を投げ出した。

ワイズマンは、敵のひとりが自分の仕掛けたトラップの位置に踏み込むのを見たのだ。

わずかに間があって、手榴弾が爆発した。政府軍の兵士は、猛烈な爆風と、細かな凶器である鉄片を浴びてなぎ倒された。

手榴弾は少なくとも二個、同時に爆発していた。

トランプ・フォースのメンバーが伏せているあたりまで、細かな鉄片が降ってきた。

静かになった。

「よし、先を急ぐぞ」

ホワイト・チーム、バーミリオン・チームは起き上がり、前進を始めた。

脇の茂みが鳴り、全員が同時に銃を向けた。

どこからともなく、エル・ガトーが現れた。

「すばらしい戦いぶりだ」

彼は言った。

リョサがこたえる。

「このくらいで感心されちゃかなわないな」

そのとき、離れたところで続けざまに小規模な爆発が起こった。ＦＰがキャンプを張っていた方向だ。

「また誰かがトラップにかかったようだ」

ワイズマンが言った。「あんたの仲間じゃないだろうな、エル・ガトー？」

エル・ガトーは首を横に振った。

「ブービートラップはゲリラの戦法だよ」

リョサが尋ねる。

「何のためにわれわれのまえに現れた？　戦いかたを賞賛するためか？」

エル・ガトーは言った。「君たちは、グレネード・ランチャーと榴散弾を持ってきたと言った。たいへん魅力的な武器だ。それを受け取りに来た」

「グレネード・ランチャー」

ジョルディーノは言った。

「もちろん差しあげるとも。ただし、急げ。今、ジャングルをうろついているのは、先乗りの空挺隊だ。そのうち、歩兵がわんさとやって来るぞ」

十五分後に、彼らは、木の枝や葉でカムフラージュしたジープが見えるところまで来た。

だがうかつに近づかなかった。

敵が罠《わな》を仕掛けるには絶好の場所だ。

全員で周囲五十メートルを迂回しながら探索した。異常はないように見えた。

まず、リョサとロペスが茂みから出て警戒しながらジープに近づいた。

リョサは大きなシュロの葉を取り去ろうとして、ふと手を止めた。

リョサはシュロの葉から手を離さぬまま振り返りワイズマンの名を呼んだ。

ワイズマンは姿勢を低くして近づいた。すぐにワイヤーに気づいた。

「急に手を離さなかったのはいい判断だ」

ワイズマンが言った。「じっとしてろ。動くな」

彼はショルダーバッグのなかから、ニッパーを取り出して、慎重にワイヤーをたどった。

そして、ほんの一分間、ごそごそとやっていたかと思うと、プラスチック爆薬と信管を別々に取り出して見せた。

「このワイズマン様相手に爆薬を仕掛けるなんてのは十年早い」

突然、ジープの下から、ふたりの男が横ざまに転がり出て、あおむけのまま銃を構えた。

彼らが持っているのはウージー・サブマシンガンだ。

ワイズマン、リョサ、ロペスは、叫びながら、地面に身を投げ出した。

エル・ガトーと佐竹がほとんど同時に立ち上がり、ジープの下から現れた男たちに、フルオートで銃弾を浴びせた。

彼らはウージーを撃つまえにずたずたになって息絶えていた。
その瞬間に、佐竹たちの後方から、猛烈な射撃が始まった。

12

撃っている相手は影のようだった。

撃っては巧みに身を隠しながら移動している。

「ただ者じゃないな……」

ホワイトが言った。

エル・ガトーはその言葉にうなずいた。

「おそらくは陸軍特殊部隊だ。通常、五人一組で行動する」

「では、あと三人いるということだ」

「そういうことだな……」

「だが、その三人が問題だ。まったくつかみどころがない」

ジープのそばにいるリョサ、ロペス、ワイズマンは、伏せたまま、身動きが取れなくなっていた。

「何とかしないと、ここで、あたしたち全滅だわ」

マーガレットが言った。

「何かいい手があるかね？」

ジョルディーノが四方に目を配りながら尋ねた。

「こっちのほうが人数が多いのよ。散開して戦えば、こっちが有利だわ」

「動かんほうがいい」

エル・ガトーが言った。

バーミリオンがすかさず同意した。

「そう。おそらく、やつら、このあたりに、ブービートラップを仕掛けているに違いない。うかつに動き回ると、ドカンだ」

エル・ガトーは、薬陰から大声で言った。「リョサ！　聞こえるか？」

リョサは声を返した。

「聞こえるぞ。聞こえるだけで、どうにもならんがね……」

「例のやつをやりたい。グレネード・ランチャーを一挺、何とかしてくれ」

リョサはその言葉だけでぴんときた。

彼は、ロペスとワイズマンに言った。

「援護してくれ。俺はM79と榴散弾をエル・ガトーに届ける」

「無茶だぜ！」

ロペスが言った。

「だが、このままじゃ犬死にだ」

「何か考えがあるんだな？」

ワイズマンが訊く。

「ある」

ワイズマンはうなずいた。

「よし、わかった。せいぜい撃ちまくってやる」

ワイズマンは腹這《はらば》いのまま、M16A2を構えた。

ロペスは何も言わずワイズマンに倣《なら》った。

「いいぞ。行け！」

ワイズマンは言うと同時に、セミオートで撃ち始めた。

同時に、ロペスも撃ち始める。

リョサは、匍匐《ほふく》前進でジープに近づいた。たどり着くと、ゆっくりと体を起こしていった。

最も危険な瞬間だった。

敵もそれを心得ており、いっそう激しく撃ち始めた。

リョサはなるべく姿勢を低くして手を伸ばした。わずかに届かない。少し身を乗り出す。

彼は、M79グレネード・ランチャーを手にした。

今度がやっかいだった。ランチャーで撃ち出すM７０６四〇ミリ榴散弾を木箱のなかから取り出さねばならないのだ。

それには、ジープの上に乗らなくてはならない。恰好の的になってしまうのだ。

リョサは考えたすえに、うまい方法などないことに気づいた。

彼はジープの後部座席に飛び乗り、M７０６榴散弾の木箱の蓋を開けた。そこから、ひとつかみ、四〇ミリ榴散弾をポケットにつっこむ。さらにひとつかみ。とはいっても、六個をポケットに入れるのがやっとだった。

リョサは、M76を片手にジープから飛び降りた。

そのとき、敵の銃弾がリョサの体を貫いた。リョサはもんどり打って地面に転がり、動かなくなった。

「くそっ！」

ロペスが、匍匐で前進し、リョサのところまで行った。

リョサは左の肩に被弾していた。ショックを起こしていたが重傷ではない。リョサは、頭を振ってショックをはらいのけ、ロペスの顔に焦点を合わせて言った。

「手当てなんぞあとでいい。こいつをエル・ガトーに届けるんだ。あいつがケリをつけてくれる」

「わかった」

ロペスはM79グレネード・ランチャーと四〇ミリ榴散弾六個を受け取ると、腹這いのまま前進して、エル・ガトーのもとへ行った。

「リョサはだいじょうぶか？」

エル・ガトーは血も涙もないゲリラの頭目という世間の評判に反して、まずそう尋ねた。

「だいじょうぶだ。柔組織を貫通している」

「よし、そいつをくれ」

エル・ガトーはM79を受け取り、榴散弾を装塡した。そして言った。「どんどん撃ちまくれ。敵のおおまかな位置が知りたい」

全員で撃ち始めた。

敵も撃ち返してくる。

エル・ガトーは、M79の先端についている大きな照準器を起こして、ライフルのように狙った。

トリガーを引く。鈍い音がして、榴散弾が撃ち出された。わずかに山なりの軌跡を残し、四〇ミリ榴散弾は、木の枝に命中し炸裂した。

そのときには、エル・ガトーはすでに第二弾を装塡して撃っていた。

さらに一発。

いずれも、五十メートルほど先の木の枝や幹に当たった。

見ていたトランプ・フォースのメンバーは一瞬、彼が狙いを外《はず》したのかと思った。しかし、すぐに全員、そうではないことに気づいた。

エル・ガトーはわざと敵の頭上で榴散弾を爆発させたのだ。その瞬間にすさまじい勢いでばらまかれるぎざぎざのワイヤー片を、頭上から見舞ってやったのだ。

敵は沈黙していた。

ロペスとジョルディーノはリョサのもとへ走り寄った。

リョサはバンダナを丸めて傷口に押しあてていた。しかし、むしろ後方の傷――つまり弾丸が出て行った傷のほうがひどく、そこは自分では手のとどかない位置だった。

ジョルディーノはリョサの服を裂いてリョサのバンダナと自分のバンダナを使って応急処置をした。

「感染が心配だな」

ジョルディーノが言った。「サルファ剤でもあればいいんだが……」

エル・ガトーが近づいてきて膝をついた。

「すまんが、薬は最も不足しているもののひとつだ……」

リョサは笑った。

「気にするな。たいした傷じゃない。それに、俺は、ここでずっと戦い続けるわけじゃない。じきに清潔な場所で手当てを受けられる」

「だが、今は私たちのために戦っている」

「自分たちのためだ。これが任務の一環なんだ」

今では、全員がリョサを中心に集まっていた。

離れた場所で撃ち合いの音が聞こえた。

FFPと政府軍がどこかで戦っているのだ。

「さ、エル・ガトー」

リョサが言った。「仲間のところに武器を持って行くがいい」

エル・ガトーはうなずいた。

「そうさせてもらう」

彼はジープに近寄った。とりあえず、持てるだけの武器を持つ。グレネード・ランチャーは彼のお気に入りの武器のようだった。

バーミリオンが言った。

「M79は二挺残しておいてくれ。あんたのやりかたはおおいに手本になった」

エル・ガトーはうなずいた。

彼は、雑嚢《ざつのう》にM706四〇ミリ榴散弾と、M16の実包とマガジン、M26とM56手榴弾を入るだけ詰め込んだ。

そして、M16A2自動小銃をスリングで五挺、肩にかけた。腕にM79グレネード・ランチャーを三挺かかえている。

それだけの重い荷物を彼は、軽々と持った。

「諸君。武器の提供を感謝している」

「間違ってもらってはこまるが――」

ホワイトが言った。「トランプ・フォースは、いかなる政治団体にも加担しない。その武器は、君たちに近づくための手段にすぎなかった」

エル・ガトーは笑った。

「堅いんだな。だが、われわれはおおいに助かった。リョサ、また会おう」

彼は、ジャングルのなかに溶けるように消えていった。

「リョサ、立てるか？」

バーミリオンが言った。

「ええ。どうってことありませんよ」

そのとき、頭上から飛行機の爆音が聞こえてきた。重々しい爆音だ。

そして、ホワイトの胸で通信機の呼び出し音がした。

ホワイトは取り出し通信回路を開いた。

「ホワイトだ。オーバー」

「ブラックだ。今、おそらく君たちの頭上にいる」

トークボタンを放すときの、ピッという電子音が聞こえた。

「爆音が聞こえている。何なんだ？」

「米軍のパナマ駐屯地行きの輸送機だ。これから、途中下車する」

「パラシュート降下か？　無茶なやつだ」

「ブラック隊は、いつどこへでも迅速に現れる」

「わかったよ。通信機の信号は出しっ放しにしてある」

「ところで、どういう状況なんだ？　ここから見るとえらくものものしい雰囲気だが……」

「ゆきがかり上、ＦＦＰと協力して政府軍相手に戦っている」

「どうしてそんなことに……」

「合流したときに話す。いつまでもこんなところを旋回してると、ミサイルか何かぶち込まれるぞ。マヌエリア軍は見境いないらしいからな」

「わかった。これから降下する」

通信は終了した。

「さて、しっかり武装をして、戦いに戻るか」

ジョルディーノが言った。

「しかし、ＦＦＰが誘拐《ゆうかい》と無関係となった今、他にやることがある気がするんだが……」

ホワイトが言った。

「ある」

ワイズマンはジープを指差した。「あいつで政府軍の包囲を突破して、将軍官邸に戻るんだ。今回の誘拐事件の真相を知る人間はそこにいる」

バーミリオンがうなずく。

「いろいろな思惑が入り乱れているな。マヌエリアはこの誘拐を機にＦＦＰを叩きつぶしたかった。日本の商社は、その計画に協力することを条件に、ほぼ独占的な商談を進める」

佐竹が言う。

「日本の商社にとっても、ＦＦＰは邪魔なんだよ。丸和商事が見ているのはサンチェス将軍ではなく、あくまで、パナマを追われたあとにやって来るノリエガだ。そのためには、マヌエリア国内は完全に軍部が統治していなければならなかったんだ」

バーミリオンはうなずいた。

「そうなると、ＦＦＰを支援することは今回のわれわれの作戦と無関係ではないということになるな」

「誘拐犯の汚名を着せられたまま葬り去られるのを防ぐという意味では、ね」

ホワイトが言った。

バーミリオンは、親指でジープを指し示した。

「あんたたちが行ってくれ。わがチームはここに残って、エル・ガトーとともに戦う」

「個人的な感情で言っているのではないだろうな」

ホワイトに言われ、バーミリオンは笑った。

「正直に言うと、そういう気持ちがないではない。たぶん、私も、ジョルディーノも、ロペスもそうだ。けが人だがリョサは、もっとも強くそう思っていると思う」

ホワイトはバーミリオンの肩を叩いた。

「今の話は、ミスタ・ゴールドやミスタ・シルバーには言わないでおいてやるよ」

彼はバーミリオンに通信機を手渡した。

「これでブラック隊と連絡を取って、われわれの脱出を援護してほしい」

「わかった」

「あとは、ブラック・チームといっしょに好きに戦え」

佐竹とワイズマンは一刻も時間を無駄にはしなかった。彼らは、弾薬や手榴弾の入った箱をジープから降ろしている。

それからワイズマンは、M26とM56手榴弾を補給した。

佐竹もM16A2用のマガジンをズボンの両方のポケットに三個ずつ入れた。

マーガレットも同様に、ポケットや、バッグにマガジンを詰め込んでいる。

「リュウ」

ワイズマンが佐竹を呼んだ。「運転をたのむ。俺は花火屋をやる」

佐竹は運転席にすわって、エンジンを始動させた。

ギアをローに入れて、路肩までジープを出す。

ブラックから、パラシュート降下完了の連絡が入り、バーミリオンは、ホワイト隊脱出のための打ち合わせをした。

ホワイトがバーミリオンとブラックのやりとりをじっと聞いている。

やがてホワイトがジープのところにやって来た。

ホワイトが助手席にすわる。

マーガレットとワイズマンはシートを倒して荷台にしてある後部座席で戦闘にそなえている。

「まず、ブラック隊が道のそばに陣取っている政府軍に奇襲をかける。それが合図だ。バーミリオン・チームが援護をするなか、ただただ突っ走るんだ」

「ひとつ訊いていいかい？」

ワイズマンが言った。

「何だね？」

「今からこのジープを降りたいと言ってもだめだろうな？」

「だめだ」

ホワイトは笑った。「君は、カレロ大佐に対する切り札《トランプ》だ」

「やっぱりね」

「切り札の切り札《トランプ・オヴ・トランプ》」

佐竹竜が前を向いたまま言った。「名誉なことじゃないか、おい」

「戦場で軽口が叩けるようになったか、坊や。誉めてやるぞ」

西のほうで、爆発音がした。かすかに地面が揺れる。

通信機を耳にあてていたバーミリオンが、合図を寄こした。

「出発だ」

ホワイトが命じた。佐竹はギアを入れ、素早くクラッチをつないだ。

タイヤのこげるにおいを残し、ジープは猛然とダッシュした。

ホワイトが怒鳴った。

「いいか。何があっても停まるな。とにかく全速で突っ切るんだ」

佐竹は返事をする余裕があることに、自分で安心した。彼ははっきりと言った。

「わかりました《イェッサー》」

ほんの三百メートル行くと、ジャングルのなかから撃ってきた。政府軍がすでに相当人数、ジャングルに入っている。

佐竹はほとんど、ハンドルの高さまで頭を低くしていた。

ワイズマン、マーガレット、ホワイトは、三人で一斉射撃を始めた。

木の枝や葉が派手に舞い上がる。

ワイズマンは、バッグから手榴弾とプラスチック爆弾C5を少量取り出した。

M26手榴弾にC5をこすりつけ、ピンを抜いてジープの後方に向かって、力いっぱい投げた。

すさまじい爆発が起きて、ジャングルの一カ所に、ぽっかりと空地ができた感じになった。

ただの手榴弾だと爆発力をあなどっていた政府軍の兵士は全員なぎ倒され、吹き飛ばされた。

みるみるジャングルの出口が見えてきた。

煙がたなびいているのが見える。

やがて兵士が倒れているのがわかった。政府軍は統制を欠いてしまったように見えた。

それでも、ジープを見て撃ってくる兵士がいた。

「撃ち返せ。フルオートで撃ちまくれ」

ホワイトが大声で怒鳴った。

言われるまでもなく、ワイズマンが右側に、マーガレットが左側に、銃弾をばらまいている。

そのとき、鋭い発射音がして、次の瞬間、政府軍の車両につながれている無反動砲が大音響とともに吹き飛んだ。

続いて、ジープを援護するように射撃が始まった。

「なんだ……?」

ワイズマンは思わずつぶやいていた。

「多分、スティンガーだ。ブラックのやつ。ロケット砲まで持ってきたんだ……」

ホワイトは驚いた。

続いて、五回連続してランチャーの発射音がし、道の両脇で榴散弾が炸裂した。

「今度は、五連発のグレネード・ランチャーだ……」

ワイズマンが言った。

「できる限りの装備で、できる限り早く……」

ホワイトは、自分がブラックに言った言葉を繰り返していた。「なかなかやってくれるじゃないか……」

最高のアシストを受け、ホワイト・チームはゴール目差して全速力で走り続けていた。

佐竹は、ふとまわりが静かなのに気づいた。

彼は、危険な地帯をブラック・チームのおかげで抜け出したことを知った。

13

将軍官邸のゲートに立つふたりの歩哨は、明らかに、戻って来たジープを見て戸惑っていた。

彼らは、何も知らされていなかった。佐竹たちを日本の商社の人間だと思い込んでいたし、彼らが敵なのか味方なのかも判断できずにいた。

ワイズマンが、怒りをあらわにする演技をした。

「いいかげんにせんか、きさまら！　われわれは、ホセ・カレロ大佐の客だぞ。すぐにそこを通せ」

歩哨のひとりが、ゲート脇の事務所から官邸内部に電話をした。

彼は戻って来てスペイン語でまくしたてた。

「ワイズマンひとりで来いと言ってるわ」

マーガレット・リーが通訳した。「カレロ大佐はそのほうがいいと言っているらしいわ」

「そのほうがいい？」

佐竹が訊いた。「それは、われわれにとって？　それともカレロ大佐にとって？」

「言葉のニュアンスからだと、あたしたちにとってのようなんだけど……」

　ワイズマンはジープから飛び降りた。

「行ってくる。話はすぐに済むはずだ。ジープは必要になるはずだ。確保しておいてくれ」

　ワイズマンは、武器をすべてジープに残し、ゲートをくぐった。

　デービッド・ワイズマンは、質素なホセ・カレロ大佐の執務室に共感を覚えた。おそらくあり得ないだろうが、自分もデスクワークをするようなはめになれば、こういった部屋を作るだろうという気がした。

　カレロ大佐は、いつになく暗く沈んだ眼をしていた。

　彼は溜め息をついて言った。

「生きていてよかった、ダビド」

「デービッドだ」

「さすがに、噂に聞こえたトランプ・フォースだ」

「ほう……。すべてを知っているようだな」

　カレロは肩をすぼめ、両手を開いた。

「そう。すべて……」

「誘拐は、日本の商社と君の国がたくらんだことだな」

「そのとおり。正確に言えば、あのウエハラという男が話を持ちかけてきて、アントニオ・サンチェス将軍が話に乗ったのだ。知っているのは、誘拐された本人と上原、私とサンチェス将軍。それに、日本の商社のごく一部の人間だ。ＦＦＰを国際世論のなかで孤立させ、われわれが彼らを叩く大義名分を手に入れる計画だ」

「ウエハラという男は、マヌエリアのために計画を練ったわけじゃない。パナマのノリエガに取り入るのが目的なんだ」

「知ってるさ」

カレロはあっさりと言ってのけた。「だが、サンチェス将軍はＦＦＰ討伐を至上命令だと思い込んでいる。ＦＦＰを倒すためなら、どんな話にも耳を傾けたろう」

「あんたが、この薄汚い計略に一枚噛んでいたとはな、ヨーゼ」

「ホセだ。私も嫌気がさしていたところだ。だが、立場もあってね」

「トランプ・フォースは今、ＦＦＰの疑いを晴らすため、おたくの政府軍を相手にして戦っている」

「日本人は、トランプ・フォースごと葬り去る計画でいたらしいが……」

ワイズマンは、頬をゆがめて笑った。

「戦況を尋ねてみるがいい。おたくの政府軍の被害が広がりつつあるはずだ」

「訊くまでもないな」

「そう。計画は失敗した。ところで――」

ワイズマンは尋ねた。「誘拐されたことになっている支社長はどこにいるのだ？」

「そんなことを知ってどうするんだ？」

「今回のわれわれの任務は、誘拐された支社長を救出することだ。任務は最後まで遂行したい」

「日本にいるよ」

「何だって？」

「何から何まで、日本の商社が段取りしたんだ。あの襲撃の芝居のあと、すみやかに日本に送り出された」

「日本のどこにいるんだ？」

「そこまでは知らない」

「あの擬装襲撃をしたのは、政府軍の兵士か？」

「そう。へたな芝居だったと思うがね」

「だが、実際に日本人がひとり死んでいる」

「あれだけが予定外だった。ひとりで反撃しようとして撃たれたのだと聞いている。アクシデントだったのだ。だが、そのことが真実味を付け加える結果になったわけだ」

　ワイズマンはうなずいた。

「訊きたいのはそれだけだ」

「なら出てってくれ」

「あんたは、これからどうするんだ？」

「そう……。おそらく、私も君と同様にここを出て行く」

「ナンバー・ツーの実権を捨ててか？」

「君ならそんなものに未練を感じるかね？」

　ワイズマンはこたえず、部屋を出た。


　上原は、去って行くワイズマンの姿を窓から見ていた。

　彼は頭のいい男だったので、何が起こりつつあるのかすぐに理解した。

　上原は部屋を出てホセ・カレロ大佐の部屋を訪ねた。

「今、トランプ・フォースのメンバーがこの官邸から出て行ったのを見たような気がするのだが、錯覚でしたかな？」

　カレロ大佐はたいへん落ち着いており、こだわりを捨てたすがすがしさのようなものすら感じられた。

「いや、事実だよ」

「どういうことなのか説明していただきたい」

「計略は失敗した。君はトランプ・フォースを過小評価していた。彼らがこの計画をあばき、現在、FFPと協力してわが政府軍に、大きな被害を与えつつある」

「ばかな！」

上原は怒りのために顔が赤くなるのを感じた。「トランプ・フォースなど取るに足らぬ人数ではないですか。それにFFPなど素人に毛が生えたような連中ではないですか」

「君は戦争というものを知らない。これがゲリラ戦というものだ。悲しむべきことに、あのデービッド・ワイズマンならひとりでわが軍の歩兵一個小隊をも相手にできるだろう。トランプ・フォースというのはそういう連中の集団らしい」

上原は怒りに駆られ、言った。

「アントニオ・サンチェス将軍とお会いしたい。私には彼と会って話す権利がある」

「よしたほうがいい」

カレロ大佐は、相変わらずおだやかな眼で言った。「作戦失敗を知ったら、将軍は君に責任を取らせようとするかもしれない」

「いや」

上原はきっぱりと言った。「責任はあなたにある。計画を実行するようにサンチェス将軍から命令されていたのは、あなただ。さあ、将軍に会わせてくれたまえ」

「会わせるわけにはいかないな。将軍には、いましばらくの間、計画が失敗したことを知っていただきたくない」

上原は抗議しようとしたが、その言葉を呑み込んだ。

カレロ大佐の右手に、コルト・ガバメントが握られていた。

大佐は遊底を引き、薬室に実包を送り込んだ。本気で撃つ、という意思表示だった。

カレロ大佐は言った。

「さあ、潮時だ。さっさと日本へでもサンパウロへでも逃げ出すがいい」

「逃げ出すだと……」

上原はカレロ大佐の眼を見て、もはや手の打ちようがないことを知った。そればかりか彼の身が危なかった。

カレロ大佐の眼は冷たく底光りしており、上原の背筋を寒くさせた。

上原は初めて軍人というものを甘く見ていたことを悟った。

彼は、しばらくコルト・ガバメントを見つめていたが、やがてくるりと背を向けた。

「あなたが物わかりのいい人でよかった」

上原の背にカレロ大佐の声が聞こえてきた。

彼は、サンピラト空港まで軍の車で送られた。すぐさま上原はサンパウロに向けてダッソー・ファルコンを飛び立たせた。

「日本だって！」

ハンドルを駆りながら、佐竹が言った。「支社長は日本にいるというのか？」

「そうだ」

ワイズマンはすべてのいきさつを話した。

「これからどうすればいいの？」

マーガレットが尋ねた。

ホワイトがこたえる。

「当然任務を遂行する」

「任務の遂行ですって？」

「そう。今回の任務は、あくまで誘拐された商社の支社長を無事連れ戻すことだ。そうだろう」

「なるほど……」

「このまま国境を出てパナマへ行こう。パナマから日本へ飛ぶんだ」

ホワイトが命じた。

ジャングルのなかに、政府軍が本格的に攻め込んできていた。

歩兵は、円形の刃のついた草刈り機で、水気を多く含んだ植物の茎や、シダ類、茂る葉などを伐採しつつ前進して行った。

隠れ場所さえなくしてしまえば、火力、兵員ともに圧倒的に勝《まさ》る政府軍のほうがずっと有利だと考えているのだ。

草刈り機のエンジン音はいたるところで聞こえた。草刈り機を持つ兵士ひとりにつき、ふたりの兵士が自動小銃を構えて守りについていた。

しかし、政府軍の考えはあまりうまくいっているとは思えなかった。

草刈り機による伐採はジャングル全体から見ると、ごくわずかな部分でしかない。そのうえ、ＦＦＰならびにトランプ・フォースはゲリラ戦に徹しているので、各所にブービートラップが仕掛けてある。

草刈り機が無造作にワイヤーを引っかけ、手榴弾を爆発させるケースが何度かあった。

政府軍兵士のなかにゲリラの恐怖が影を落とし始めるのに、それほど時間はかからなかった。

政府軍の行動は、依然としてまとまってはいた。軍隊らしい統制はとれている。しかし、戦意は徐々に失われつつあった。

だが、そのなかでも、たくましくいきいきと行動している連中がいた。陸軍特殊部隊だった。

一チームがすでに連絡を絶ったことを知った前線司令部は、さらに二チームの陸軍特殊部隊を送り込んでいた。

彼らは、ＦＦＰやトランプ・フォースが仕掛けたトラップを巧みによけながら影のように前進してきた。

「面倒な連中が少しばかり入り込んでいるようだ」

ブラックはバーミリオンに言った。

「そう。ＦＦＰの話だと政府軍の特殊部隊だそうだ」

ブラック隊は、徹底した戦闘装備をしていた。彼らは、Ｍ16ではなく、トランプ・フォースが正式に採用しているキャリコＭ100を持っていた。

さらに、ブラックはイングラムＭ10を、ハリイ、ジャクソン、シュナイダーはウージーを持ち、それぞれのバックパックのなかには、撃ち合いを続けても三日間は持ちこたえるだけの弾薬を装塡したマガジンが詰まっていた。

肉厚の刃を持つサバイバルナイフと、薄いが鋭利な刃のナイフを合わせて持っている。これは、米陸軍特殊部隊のマニュアルにも記されている。四人とも腰には、グロック17自動拳銃を下げていた。

パラシュート用のハーネスが付いており、そこには、M26手榴弾が常に左右二個ずつぶら下がっている。

ジャングル迷彩の野戦服にブーツ。まるで、ブラック隊は、戦闘マニュアルのイラストから抜け出してきたようだった。

そして、彼らは間違いなくそれらの装備を効果的に使いこなす技術を持っていた。

リョサは、ブラック隊のハリイによって、手当てをし直してもらい、痛みがずいぶんと楽になった。そのうえ、化膿止めのカプセルまでもらっていた。

ブラックは言った。

「こっちは一チームで充分戦えるだけの装備があるが、そちらは見たところ心もとない気がする」

バーミリオンは皮肉な笑いを浮かべた。

「とんでもない。グレネード・ランチャーが二挺に榴散弾がたっぷりある。手榴弾もあれば、ひとりひとりに一挺M16A2がある。弾も売るほどある。これ以上、何を望めというのだ?」

「ひとりはけがをしているし、その恰好は、ジャングルのなかでは目につくと思うが」

「ゲリラはこれで立派に戦ってるんだ。そして、わがチームは全員、ゲリラ戦に長《た》けている。このジャングルは、故郷のようなものだ」

「その言葉を信用することにする。チームごとに分かれよう」

「そのほうがいいだろう」

「通信機のチャンネルを開けておいてくれ」

「わかっている。繰り返し言うが、状況が変わり、ＦＦＰは味方だ。間違っても攻撃するな」

「よほどそのことがうれしいらしいな。これでそれを口にするのは三度目だぞ」

「念のためさ」

先にバーミリオン・チームがジャングルのなかへ消えた。

それを見ていたブラックはつぶやいた。

「なるほど、故郷の庭か……。たいしたものだ」

ブラックは、左手を横に振った。

ブラック隊のハリイ、ジャクソン、シュナイダーの三人は、約二メートル間隔で横に広がった。

ブラックが、左手を前方へ振ると、四人いっしょに、間隔を保ったまま前進し始めた。

ジャクソンは、細い木洩《こも》れ日を利用することを忘れなかった。

木洩れ日に反射するものがあれば、それは敵の装備か爆発物の一部と見て間違いない。

彼はインドネシアでさんざん痛い目に遭いそれを学んだのだった。

前方に、細い木洩れ日があり、それを反射して細く光るものがあった。

ジャクソンは、左手を真上に上げて止まれの合図を送った。

横一列になって進んでいた仲間は、葉陰に見え隠れしながらも、その合図を見逃さなかった。

ジャクソンはそっと近づき、針金を確認した。たどっていくと、手榴弾に行き当たった。

それでもジャクソンは気を抜かなかった。

さらに観察していると、木の幹に穴がうがたれており、そのなかに、さらにひとつの手榴弾が隠れていることがわかった。二重のトラップだった。

最初の手榴弾を外《はず》したとたん、その陰にある手榴弾が爆発する仕組みだった。

ジャクソンは、そのまま後退し、シュナイダーのところへ行った。

「あそこの手榴弾が見えるか」

「見える」

「あいつを撃てるか」

もと狙撃兵のシュナイダーは、返事をせずに、キャリコM100を取り出した。

ふたりの目的を知ったブラックが言った。

「全員、伏せろ」

シュナイダーは折りたたみ式の肩あてを伸ばして、地面に伏せ、手榴弾を狙った。

三発の軽快な発砲音。それに、手榴弾の炸裂音が重なった。

手榴弾は二個とも爆発していた。手榴弾を仕掛けてあった木はまっぷたつに折れていた。

ブラック・チームは空から降ってくる鋭利な鉄片がおさまるまでじっとしていた。

やがてブラックが起き上がり、言った。

「さあ、俺たちが罠《わな》にかかったと思って敵がやって来るぞ。迎え撃つんだ」

おのおのは好きな場所へ散った。

ブラックの言うとおり、兵士が近づいて来た。

兵士は五人いた。彼らは、爆発の現場のそばに敵の死体がないので、一瞬戸惑っていた。

次の瞬間に彼らは事態を悟った。散開しようとした。

とたんにブラック・チームはサブマシンガンの一斉射撃を始めた。二秒で片がついた。

ブラックは言った。

「特殊部隊だと？　笑わせるな」

14

成田空港へ着いても、佐竹にはそれほどの感慨はなかった。三年振りの故郷だったが、佐竹の頭のなかは、丸和商事の串木田ブラジル支社長の居場所をどうやってつきとめるかということで占められていた。

ホワイト隊の他の三人は当然、佐竹を頼りにしていた。

串木田の自宅や丸和商事の本社は論外だった。

警察やマスコミの眼のとどくところに彼がいるはずはない。

その点はホワイトやワイズマンとも検討済みだった。

だが、意外と串木田が堂々と暮らしている可能性もあった。誰も彼が日本にいるとは思っていないのだ。

佐竹にはひとつだけ強みがあった。彼もかつて、大手の商社で働いていたという点だ。

どんな職業でも同業他社の動向には敏感なものだ。特に情報を武器とする商社ともなるとその傾向は強かった。

佐竹は、かつての同僚のコネクションを最大限に利用するつもりだった。

また、何人かのマスコミで働く知人も無視できなかった。串木田誘拐事件の真相を他社を出しぬいて発表するチャンスを与えてやれば、おそらくたいていのことはやってくれるに違いなかった。

ホワイト・チーム一行はパナマで戦闘服を脱ぎ武器といっしょに、西ドイツのローデンブルク郊外にあるトランプ・フォースの本部まで送り返した。送り先の名は、『古城《ブルゲン》ホテル』となっていた。

代わりにホワイトと佐竹はさっぱりとしたスーツを、ワイズマンはスポーツジャケットにチノクロスのパンツを買って着替えていた。

マーガレットは、体にぴったりとした真紅のジャンプスーツを着ており、ウエストをベルトで絞っていた。プロポーションの良さが際立ち、化粧をした彼女は驚くほど美しかった。長い髪は束ねずに背に垂らしている。

彼らは入国の手続きを終えた。

その国の政府に依頼されて入国するとき、当然ながら彼らは常に武装しているし、一般の入国審査など受けない。

しかし今回は違っていた。

彼らは特別な権利を何も持っていないのだった。

到着ロビーから出ると、ワイズマンが言った。

「さて、どうする？」

佐竹は時計を見た。午後六時だった。

「まずはホテルにチェックインしよう。僕はホテルの部屋から、いろいろなところへ電話をかけることにする」

「いいだろう。案内してくれ」

佐竹はかつて、赤坂の溜池《ためいけ》交差点そばにある商社に勤めていた。その会社のそばが都合がいいだろうと思い、全日空ホテルにチェックインするつもりだった。

空港から予約の電話を入れ、リムジンバスに乗った。


佐竹は、ホテルの部屋に入ると、さっそくかつての同僚に電話をした。

商社時代はほとんど友人をつくらなかったため、電話をかけられる人間は限られていた。

四人の知人のうち二人は海外へ転勤になっていた。さらにひとりは地方で働いている。

商社らしいと佐竹はつくづく思った。

残ったひとりは佐竹のことをよく覚えていてくれた。佐竹は西ドイツでごく小さな貿易会社に勤めているということにした。

世間話が終わり、佐竹は尋ねた。

「丸和商事のブラジル支社長の話は知っているな?」

「知っている。他人事じゃあないな。これからは日本の企業はああいった危険が増えていくはずだ」

「串木田支社長がどこにいるか知らないか?」

佐竹は単刀直入に訊いた。商社の人間に隠しごとやさぐりを入れるような真似は無駄だと佐竹は身をもって知っていた。

今、佐竹は掛け値なしの戦士だが、商社マンもビジネスの世界では最前線の戦士なのだ。例えば、大手四つの商社の情報収集能力と分析力は政府のそれをしのぐとさえ言われている。

「なぜそんなことを訊く」

「コーヒーさ」

「コーヒー?」

「ドイツ人はコーヒーが好きだ。丸和商事ブラジル支社はわが社のお得意さんだったのだ。丸和商事の本社に妙な動きはないか?」

「……どうしてそう思う?」

「おい、こっちは、確かな情報を握って日本にやって来たんだ。串木田支社長は日本にやって来ているらしい」

「なるほど……。そういうことか……」

「何かあるんだな……？」

「箱根湯本に丸和商事の保養施設がある。温泉街から離れた山側だ。広大な土地があって丸和商事の不動産資産のひとつにもなっている。和風の建物があって、全室離れだ。一流の板前がいて、時には海外からのＶＩＰや政治家なんかをそこでもてなすそうだ。『緑風荘』というのだがな……」

「そこがどうかしたのか？」

「噂が流れている。ヤクザだか右翼だかの物騒な連中がまるで警備をするように敷地内をうろついているという。誰か大物を接待しているのだろうと言っていたんだが……」

「ほう……」

「……だが、君の話を聞くと、誰がいるか見当がつきそうだな……」

「よく教えてくれた。その情報は君にプレゼントしよう」

電話を切ると、佐竹は考えたすえ、大手のＹ新聞の電話番号をＮＴＴの案内で訊いた。さらにその新聞社に電話し、社会部に回してもらう。大学の同級生がいるはずだった。その記者は外にいるというので、ポケットベルで呼び出してもらい、ホテルに電話をくれるように伝言をたのんだ。

五分後、電話が来た。

不機嫌そうな声がした。相手は大新聞社の記者に電話をかけさせたというので気分を害していているらしい。

大手の新聞社には、自分が絶大な権力を持っていると思っている記者が大勢いる。反骨の精神は、その誤ったプライドのせいでどこかへ押しやられてしまうことがある。

「佐竹竜だ。覚えてるか?」

「覚えてるよ。忙しいんだ。用は何だ?」

「忙しいのはこっちも同じだ。丸和商事の串木田ブラジル支社長が日本にいるという情報をつかんだんで電話したんだがな……。興味がないなら、ほかへ電話する」

「冗談を言っているのか? あの事件についてはあらゆる機関が情報を欲しがっているが、まったく何の手がかりも得られていないんだ。あらゆる機関と言ったなかには、もちろん警察も含まれている」

「だが、丸和商事は含まれているだろうか?」

「何だって」

相手の口調が急に変わった。「おたくは確か、どこかの商社に勤めていたんだったな」

「二年ほどまえにやめたがね……。だが今も世界を駆け回る仕事をしている」

「それで、その情報はどこで手に入れた?」

「マヌエリア本国さ。ある事情で僕はあの国へ行った。それ以上のことは言えない」

「わかった。それで……」

「串木田支社長は、丸和商事の保養施設のひとつに隠れているという話だ。箱根湯本にある『緑風荘』という建物だ。そこの様子を知らせてもらえばありがたい」

「この話はよそへはしていないのだな」

念を押すように相手は言った。

「まだだ。少なくとも報道機関で知っているのはあんただけだ」

「支社の者を急行させて、様子をさぐってみる。しばらく待っていてくれ」

電話が切れた。

三十分後に同じ記者から電話があった。

「どんな様子だ？」

佐竹は訊いた。

「支社の人間にいわせれば、確かに妙だということだ。一見何も起きていないように見えるが、注意深く観察していると、暴力団風の男が敷地内にいるのがわかったそうだ。おたくの話は真実味を帯びてきたな」

「商社と暴力団か……。つまり、その会社は警察にはたのめないが、警護の必要がある人物をかくまっているということになるわけだ」

「そう……。そういう場合、暴力団はたいへん便利だ。おそらく系列の不動産や興行関係のつてだろうな……」

「恩に着るよ。裏を取って公表するのは君の自由だ」

「これだけでいいのか？」

「充分だ」

「こちらこそ感謝する」

佐竹は電話を切った。彼は、この記者が今回の一件を報道などできないことを知っていた。

記者が裏付けを取るまえに、佐竹らトランプ・フォースが片をつけてしまうからだった。おそらく記者は、ガセネタをつかまされたと思うことだろう。

佐竹はホワイトの部屋に電話をして報告した。

「一時間のうちに、腹ごしらえ、その他のすべての準備を整えたまえ」

ホワイトは言った。「一時間後に出発する」

ホワイトは、ワイズマンとマーガレットに同じ命令を出してから、西ドイツのローデンブルクに国際電話をかけた。

トランプ・フォース司令本部に、脱出手段を都合してくれるように要請したのだった。

トランプ・フォース司令本部はただちに、日本の外務省に連絡を入れた。日本企業の不名誉な計画を公表しないことを条件に、空港と航空機を貸してもらいたいという交渉のためだった。

判断は比較的すみやかに下された。

集合の五分まえ――つまり、ホワイトがトランプ・フォース司令本部に電話をしてから約五十分後に返事が来た。

羽田にチャーター便を待機させるという約束を取りつけたのだった。日航の特別機で機種はＤＣ10だった。

佐竹はれっきとした本物の免許証でレンタカーを借りた。四人はまっすぐ箱根に向かった。

ジャングルで戦い、パナマから日本へ飛びそして今、また戦いに行こうとしている。

だが四人とも疲れを感じてはいなかった。パナマから日本への間にたっぷり眠ることができたし、作戦行動中は神経が張りつめているからだった。時差もまったく問題ではなかった。

ワイズマンは習慣でポケットに折りたたみナイフ《フォールディング》を入れていた。彼は、まったく武器を持たずに歩くということに慣れていない。

マーガレットと佐竹は武器といえるものは何も持っていなかった。彼らは、手足そのものが武器なのだ。

ホワイトは迷ったすえにナイフを買わずに来た。日本国内では殺人は何としても避けねばならないのだ。トランプ・フォース司令部といえども、直接作戦に関係ない第三国の国内での殺人を揉《も》み消すことはできない。

四人は成田に降り立ったときと同じ服装をしていた。

「どういう作戦でいきます？」

ハンドルを握る佐竹がホワイトに訊いた。

「君とマーガレットは正面から行ってくれ。本社からの使いだということにして——。われわれは、別のルートから侵入する。君たちはそれを手引きする役だ。しかる後に、すみやかに串木田支社長を探し出し、脱出だ。それだけのことだよ」

「日本のヤクザは、カタナで武装しているのか？」

ワイズマンが佐竹に訊いた。おそらく、彼は高倉健の映画を見ているのだろう。

「刀は持っていないだろうが、刃渡り二十センチから三十センチの『ドス』と呼ばれるナイフは持っているかもしれない。場合によっては拳銃を持っている恐れもある」

「拳銃だって？　日本人は銃は持たないと聞いているが？」

「例外はどこにでもあるもんさ。一般人は君の言うとおり拳銃は持っていない。だからヤクザも、銃の扱いにはあまり慣れていない」

わ」

「だからと言って油断は禁物だわ」

マーガレットが言った。「日本のヤクザは何を考えているかまったくわからない連中だわ」

「ほう……」

ワイズマンが言った。「東洋人のあんたにもわからないのか？」

「東洋人と言っても日本人は別なのよ」

マーガレットの言葉に侮蔑《ぶべつ》の響きを感じたが、佐竹は何も言わなかった。

ホワイトが言った。

「まあ心配することはない。ヤクザだのマフィアだのといった連中は、所詮、トランプ・フォースの敵ではない」

十時を過ぎたころ、箱根湯本の温泉街を過ぎた。

山に向かうと、緑風荘はすぐに見つかった。広大な敷地で、平屋の高級旅館のようなたたずまいだ。建物の周りは雑木林で囲まれている。

四人は偵察に出た。別個に緑風荘の周囲を歩き回り、二十分後に集合した。

「特別な警報装置はないように見えるが……」

ワイズマンが言った。

「おそらくそのとおりだろう。もともとは保養施設だということだからな……。日本は治安がいいので、こういう施設には滅多に警報装置などつけてない。実際、こういう施設に対していちばんうるさいのは消防署なんだ」

佐竹が言った。

「建物の周囲の林は、私たちの役に立つわ」

マーガレットが言った。ホワイトがうなずく。

「塀を越えるのもまったく問題はない。高さは二メートルほどしかない」

塀は上に瓦をふいた土塀だった。

「上に乗ったときに瓦《スレイト》が意外と大きな音を立てるかもしれない」

佐竹が注意した。

「わかった」

ホワイトが言った。「君たちは正面から入って、支社長の居場所を確認できるよう努力してくれ。確認できたら、騒ぎを起こす。陽動作戦だ。その隙に私たちが接近する。よし、行け」

佐竹はネクタイの曲がりを正し、マーガレットを見た。マーガレットは余裕のほほえみを返してきた。

佐竹とマーガレットは正門に向かった。正門には格子戸があり、鍵がかかっている。

佐竹は格子戸を叩いた。

すぐさま紺色のスーツを着た男が現れた。いちおう服装は整えているが、正体はすぐにわかった。赤ら顔で、顔にいくつか傷あとがある。髪は短く刈ってある。

「何のご用でしょう？」

暴力団員は、あくまでも丁寧な言葉で尋ねた。

「本社からここのお客に伝言を持ってきました」

佐竹は冷静な口調で言った。平然と相手の眼を見つめる。

かつての佐竹には、暴力団員と駆け引きをする度胸などなかった。トランプ・フォースでの厳しい訓練と命がけの実戦が彼を変えたのだった。

暴力団員のほうが落ち着きをなくした。突然のことで、どう対処していいかわからないのだ。

「どうした？」

闇のなかから、明らかに格が上の男が現れた。さすがに佐竹は気圧《けお》されそうになった。最初の男とは貫目が違う。

最初の男が事情を話した。

兄貴格の男は佐竹に言った。

「私は会社のほうからは何もうかがっておりませんが……」

彼のほうが、地味な紺のスーツが板についている。佐竹はあくまでも静かな口調で言った。

「そうですか？　だがそれは問題ではない。実際に私はここにこうして来ている」

「そちらの女性は？」

佐竹は意味ありげに笑った。

「彼女が用件の本題です」

「なるほど……」

兄貴格の男はマーガレットを値踏みするように見つめた。マーガレットはしおらしくうつむいて見せるという演技をしていた。

彼は言った。

「何か身分を証明するようなものはお持ちですか？」

「持っていない。私が丸和商事の人間だということは誰にも知られたくないんでね」

「用心深いんですね」

「何があるかわからないからね。ここに串木田支社長がおられることを知っているのが、何よりの身分証明じゃないですかね。わが社の人間以外、そのことを知っている者はいない」

男はしばらく考えていたが、やがて、弟分に目配せした。弟分は格子戸の鍵を開けた。

「ご案内いたします」

兄貴分の男が言った。

「私は佐竹という。君は？」

「望月と申します」

佐竹はうなずいた。

三人は露地を渡って、奥まった位置にある離れへ向かった。

二回角を曲がった。佐竹は、左側にふたつ、右側に三つの部屋があるのをさりげなく見て、その位置関係を頭に叩き込んだ。マーガレットが同じことをしているのは訊くまでもなかった。


ワイズマンは塀に背をつき、腰を落として膝を立てた。その膝の上で両手を組んで上に向けた。

ホワイトがその組んだ両手に右足をかける。ホワイトが右足を踏ん張ると同時に、ワイズマンはかかえ上げた。

ホワイトの体が軽々と塀の上に上がった。瓦を踏んだとき、わずかな音がしただけだった。その点は佐竹に言われていたので充分に注意していた。

続いて、ホワイトは腹這《はらば》いになり、手を差し出してワイズマンが登るのを手伝った。二メートル足らずの塀登りなぞ、ワイズマンにとっては簡単この上ない。

ふたりは、同時に塀の内側に飛び降りた。すぐ目の前に築山があり、ふたりはそこに隠れて様子を見た。

ほどなくひどく肩幅の広い男が、やせた男とともにやって来た。ふたりとも紺の背広を着ているが、どこか崩れた感じがする。

肩幅の広い男は確かに胸が厚かったが、腹も出ていた。絶えず鍛えに鍛え抜いているワイズマンたちの体格とは比べるべくもない。

その男が言った。

「本当に音がしたのか？」

「ああ。間違いない。妙な物音だ」

「猫か何かじゃねえのかい？」

「だといいがな……」

ふたりは、ホワイトとワイズマンが乗り越えた塀のあたりに懐中電灯の光を当ててしきりに見やっている。

「人を呼んでこのあたりを調べさせたほうがいいな」

「おい、そんな必要、あんのかい」

「何もなきゃそれでいいじゃねえか。俺ァ、兄貴に絞られんのはまっぴらだからな」

やせた男が行きかけた。

ホワイトとワイズマンは、日本語の会話は理解しなかったが、その男を行かせてはまずいことだけは経験からくる勘でわかった。

ワイズマンが飛び出して若い男のうしろから飛びついた。右手を首に回し、左手で口をおさえる。

肩幅の広い男が唖然として、次の瞬間に大声を出そうとする。しかし、彼もホワイトによって同様に首をおさえられ、口をふさがれていた。

ワイズマンは、右膝を相手の腎臓に続けざまに二度ほど叩きつけていた。

相手はのけぞった。激痛に目をむいている。ワイズマンはそのままあおむけに引き倒した。ナイフを使いたい衝動に駆られたが、辛うじてその気持ちを抑えた。

ワイズマンは無防備な太陽神経叢《たいようしんけいそう》——俗に鳩尾《みぞおち》と呼ばれている急所に、正確なパンチを見舞った。苦しげにもがいていた相手はそのショックで気を失った。

ホワイトは、後方に引き倒しながらの、後頭部への左右の膝蹴りで相手を眠らせていた。

ふたりは林のなかの闇に潜んだ。

15

望月と名乗った兄貴分がある離れの引き戸を開けた。

「こちらです」

言われたとたんに、佐竹は嫌な予感がした。その声が笑いを含んでいるような気がしたのだ。

正面のふすまが細く開き、ゆらりと人影が現れた。佐竹は一目でその男が危険な男であることを知った。

同時に、若い血の気の多そうな手合いが四人現れて、佐竹とマーガレットを囲んだ。

「望月さん。何の真似ですか？」

佐竹は驚いたふりをして言った。

「あなたは罠《わな》に飛び込んで来た」

「罠？」

「私は本社のかたから言われている。ここには、絶対に誰も訪ねて来ない、とね。もし、訪ねて来る者があったとしたら、それは敵だと思ってかまわない、と」

佐竹は苦《にが》い顔をした。

マーガレットが英語で言った。

「あたしを、支社長の情婦なんかに仕立てようとするからよ」

佐竹も英語で素早くこたえた。

「似合いの役どころだと思ったんだがな」

言い終わったとたん、佐竹は目の前にいた若い男の膝を蹴っていた。

マーガレットは、後ろ蹴りで、後方にいた男の股間を蹴り上げていた。

佐竹の奇襲の蹴りは見事に決まり、相手は膝の皿を割られ、動けなくなった。マーガレットの相手が無力になったのは言うまでもない。

「野郎！」

野太い声を上げながら若い男が佐竹に殴りかかってきた。ボクシングのワン・ツーだった。

佐竹は、上体を振りながら、左側に体重を移動して、空手で言う猫足立ちと後屈立ちの中間の状態になった。つまり、後方の足により多くの体重が乗っている状態だ。空手の猫足立ちでは前方の足の踵《かかと》を浮かせるが、佐竹は浮かせていなかった。『源角《みなもとのかく》』の足さばきに踵を浮かせるものはひとつもない。

佐竹は、その体重移動だけで、パンチをかわし、なおかつ、相手の懐に入っていた。相手はいったい佐竹がどう動いたかわからなかったに違いない。佐竹はその状態から、相手の顎を目がけて、左右の開掌を見舞った。

相手は尻もちをついて、そのまま酔っぱらったように起き上がれなくなった。

もうひとりの若い男がマーガレットにつかみかかった。彼はマーガレットの細い胴に腕を回し、豊かな胸のあたりにもう片方の手をもっていった。

マーガレットは、日本語で低く言った。

「高くつくよ！」

佐竹は一瞬、相手の男に同情したくなった。

マーガレットは、一度ぐっと前に突き出した頭を思いきりのけぞらして、相手の顎に叩き込んだ。

頭突《ずつ》きは、いつどんな状況でも確実な威力を約束してくれる。

男の手がゆるんだ。マーガレットは、身を沈めながら、男の手を引いた。体落としのような形になり、男は地面に投げ出された。

マーガレットは、それでも男の手を離さず、その手を引き上げながらあばらを踏み降ろした。肋骨二、三本は確実に折れたはずだ。

望月はようやく佐竹とマーガレットの腕を知り、顔色を失い始めた。

「おい」

望月は、離れのなかにいた男に声をかけた。

佐竹はその男に見覚えがあった。あるフルコンタクト系の空手の全国大会で優勝したことがあり、キックボクシングのリングにも立ったことのある男だった。

フルコンタクトの空手で優勝というのもかなりの実力を物語っているが、佐竹が嫌だったのはキックボクシングの経験があるという点だった。

ムエタイは、打突系の格闘技のなかでは、おそらく最強の部類に入る。

一見、ゆらりゆらりとしたその男の動きは、敵の攻撃に柔軟に対処できることを示しているのだ。

佐竹はマーガレットに言った。

「こいつは俺が引き受ける。支社長の本当の居場所をつきとめて、ミスタ・ホワイトたちと合流してくれ」

「やられんじゃないわよ」

マーガレットはじりじりと後退し、ぱっと走り去った。

望月は舌を鳴らしたが動けずにいた。彼は武闘派ではなく明らかにインテリ・ヤクザだ。

「地頭《じとう》さんとか言いましたね」

佐竹は言った。

「ほう……。俺のことを知っているか？」

しわがれた声だった。

「落ちぶれて、ヤクザの用心棒ですか」

「落ちぶれたわけじゃないと思うが――」

地頭は不気味な笑いを浮かべた。「用心棒じゃなくて、俺は組の幹部だ」

彼は玄関から出て、佐竹と向かい合った。望月は自信を持ってその様子を眺めている。

佐竹は半身になって、自分の顎を肩に押しつけるようにした。膝をゆるく曲げ、体重を両足の第一指のつけ根に乗せる。

『源角』の正式な基本の構えだった。

マーガレットは、露地に入り、縁側のほうから各部屋を見て回ることにした。

邪魔な男がいたら、いちいち避けて回らずに、その場でなぎ倒しながら進んだ。

後方から、あるいは振り向きざまに、上段の強烈な回し蹴りをくらったら、十中八九は昏倒する。

高い蹴りというのは、実はこういう場面でしか役に立たない。

マーガレットは露地づたいに次々と縁側を見て回った。串木田支社長らしい姿は見当たらなかった。

ひょっとしてここにはいないのではないだろうかという思いが彼女の胸のなかを過《よぎ》った。徒労感にとらわれそうになる。

彼女は鯉のいる池のそばで立ち止まった。ほとんど立ち尽くしていると言ってよかった。

そのとき、ひとつの離れの縁側に、男のシルエットが浮かび上がった。マーガレットは反射的に築山の陰に飛び込んだ。

男は、外の騒ぎが気になって様子を見に出てきたという風情だった。闇のなかを透かし見ている。

最初逆光になって人相はまったく見えなかった。その男が横を向いたとき、初めて顔が見えた。マーガレットは目的の人物を発見した。プロフィールは頭の中に叩き込んであるので間違いはなかった。

マーガレットは、そっとその場を離れ、ホワイト、ワイズマン組と合流しようとした。

ホワイトとワイズマンは、そろそろ邸内が騒がしくなってきたのに気がついていた。彼らは騒ぎの中心がどこなのかを見極めようとしていた。

そのふたりの眼に、マーガレットの真紅のジャンプスーツが飛び込んだ。

彼女は、蹴りと発勁《はっけい》のコンビネーションで、目のまえに現れるヤクザたちを、ほぼ一撃で片づけていた。

「勢いというのはおそろしいものだ」

ワイズマンが言った。「坂を下り始めたブレーキのない自動車のようなものだ。誰も前進を止められない」

「だが、なぜ彼女はあんなに大暴れしてるんだ？　佐竹はどうしたんだろう？」

「本人に訊いてみよう」

ホワイトとワイズマンは、闇から闇へ音もなく駆け抜け、マーガレットに近づいた。

マーガレットは、さっと振り向いて、ただちに攻撃しようとした。

「あんたの相手は訓練のときだけでたくさんだ」

ワイズマンが言った。彼は、邸内のあちらこちらに倒れ、気を失い、あるいは弱々しくうごめいている男たちをざっと見回した。

「串木田支社長の居場所を確認したわ」

「それで、リュウはどうした？」

ホワイトが訊いた。

「ちょっと手強《てごわ》そうな相手と戦ってるわ。あっちの建物よ」

「どれ、ちょっと坊やのコーチでもしてくるか……」

ワイズマンが言った。「ミスタ・ホワイト。あんたとマーガレットは、何とか支社長を連れ出して、車まで急いでくれ」

「わかった」

「こっちよ」

マーガレットとホワイトは駆けて行った。邸内は依然落ち着かなかったが、彼らは不自由なく動き回っていた。

まったく予備動作なしに、強烈な右回し蹴りが脇腹目がけて飛んできた。素晴らしい速さだった。

佐竹竜は肘《ひじ》と逆の手の掌底《しょうてい》の両方を使ってブロックした。ブロックが突きやぶられそうな重い蹴りだった。

続いて、左の下段回し蹴りがきた。見事な切り返しだ。膝関節の外側あるいはその約十センチ上にある急所に決められたら、おそらく一撃で足は動かなくなる。

佐竹は、蹴りを避けないで、逆に膝を突き出してやった。

ローキックを膝でブロックしたのだ。普通ならむこうの足にもダメージが残るはずだった。しかし、ムエタイ——キックボクシング経験者は平気だった。むこうずねを鍛えに鍛え抜いている。

すかさず地頭は、パンチのコンビネーションを使ってきた。ジャブ・フック・クロスアッパーが一呼吸で打ち込まれる。

佐竹はフックをくらった。

しかし、口のなかを切っただけだった。顎を肩口に押しつけるようにして首を支えているので、脳に衝撃が及ばないのだ。

佐竹は、相手がクロスアッパーのフォロー・スルーの状態にある瞬間に、両足を滑らせるように前進した。この足運びは『源角』独特のものだ。

『源角』の間合いは一般の空手やキックボクシングの間合いよりずっと近い。

地頭は、その間合いに、ほんの一瞬面くらった。

佐竹は、その近い間合いから、蹴りが出せるところを見せてやった。膝を曲げ下半身をコンパクトに使い、地面を踏みつける力を、距離の代わりに利用して威力を得るのだ。

地頭は、わずかな距離で発せられた蹴りがすさまじい威力を持っているので驚いた。蹴りの衝撃は腹から背中まで通り抜けた。

だが、地頭も鍛え抜いていた。そのダメージをはねのけ、肘打ちを繰り出した。いわゆる振り猿臂《えんぴ》という技《わざ》で、接近戦でのみ使える強力な技だ。

佐竹は、わずかに頭を引いて技を見切った。地頭の肘が額をかすり、ぱっくりと傷が開いた。

アドレナリンのせいで痛みは感じないが、温かいものが流れ落ちてくるのがわかる。とろりと濃い液体が左眼をふさぎ始める。

地頭は勢いづいて、さらに接近戦の技である、膝蹴りを見舞おうとした。

佐竹は両手で頭をかかえられるのを感じた。このまま首を引き落とされ、顔面に膝を叩き込まれたら、二度と起き上がることはできなくなるだろう。

佐竹は相手の膝がくるまえに、反射的に右足を蹴り上げた。膝を中心に、横に足を跳ね上げるようにスナップを効かせる。

靴の外側の縁《へり》が、地頭の股間に決まった。地頭はわけのわからない悲鳴を上げた。急所を狙うのは卑怯でも何でもない。それは武術の技のひとつだ。でなければ、非力な小男が体格のいい相手を倒せるわけがない。

佐竹は死の危機を逃れた。

そのとたん、左手で軽い『打ち』を放っていた。『打ち』は地頭の胸に決まっていた。

地頭の体重が後方へ移る。

その瞬間に、佐竹は右の強力な『打ち』を見舞った。

ちょうど体重が後方へ移動しようとしていたときに『打ち』が決まったので、地頭の巨体が信じ難いほど軽々と吹き飛んだ。

地頭は二メートル以上宙を飛び、離れの壁に後頭部を叩きつけた。そのままずるずると崩れ落ちて動かなくなった。

「くそったれ！」

望月が懐から、さっと拳銃を取り出した。ブローニング・ハイパワーに似ていたが、模造拳銃のようだった。

佐竹は動きを封じられた。

彼は奇妙なものを見た。

望月の喉に光るものがあてがわれたのだ。それはナイフの刃だった。

「フリーズ（動くな）」

ワイズマンの声が聞こえた。「銃を捨てろ」

望月は、喉のナイフの恐怖に勝てなかった。彼は銃を捨てた。すかさず佐竹が拾い上げる。

佐竹は銃を望月に向けた。安全装置を解除して遊底を引く。薬室に実包が送り込まれた。

望月はその銃の扱いを見て、抵抗を諦《あきら》めていた。

ワイズマンが望月の背後から離れ、佐竹のそばにやって来る。

「えらく手間取ったじゃないか」

「ファイトマネーをはずんでもらわなきゃな。好カードだったぞ」

「獲物はミスタ・ホワイトたちが手に入れている。ここにはもう用はない」

ワイズマンが先に立って歩き始めた。

佐竹は銃口を望月に向けたまま、後ろ向きにワイズマンのあとに従った。

やがて、充分離れると、ふたりは門の出口目ざして、まっしぐらに駆けた。

途中、ヤクザが顔をのぞかせたが、混乱しきっている彼らは、亡霊を見るように佐竹とワイズマンを眺めていただけだった。

格子戸は破壊されていた。ホワイトとマーガレットがやったに違いなかった。

ワイズマンと佐竹は、迷わず外に出て、レンタカーを目ざした。

万が一のときのために、マーガレットがドライバーズシートにすわっていた。

佐竹が近づくと、彼女は、さっと助手席に移った。エンジンはかけてあった。

佐竹が運転席へ、ワイズマンが後部シートに飛び込む。

串木田支社長をホワイトとワイズマンではさむ形になった。

串木田支社長は気を失っていた。

「こうする必要があったのか？」

ワイズマンが尋ねた。

「部屋に飛び込んだとたん、マーガレットが首筋に蹴りを見舞ったんだ。私は、一言を発する間もなかった。ここまでかついでくるのが私の仕事だった。その間、周囲にやって来る敵をすべてなぎ倒したのも彼女だ」

「いちばん手っ取り早い方法を選んだのよ」

「なるほどな……」

ワイズマンはうなずいた。

そのときにはすでに佐竹は車を出し、羽田空港に向けて走っていた。

民間の定期便はすでに終了し、空港内はがらんとしていた。日航のカウンターで、ホワイトが、トランプ・フォースのＩＤカードを見せると、すぐさま手続きが取られ、何の問題もなく機内に案内された。

佐竹とワイズマンは、眠り続ける串木田支社長を、両側からかかえていなければならなかった。

二十分後にチャーター便は飛び立った。

串木田支社長が意識を取り戻したのはさらにその一時間あとだった。彼はおとなしく、すべての出来事を受け入れた。

上原秘書室長の驚きの表情を、佐竹は一生忘れないだろうと思った。

支社長室のまえには、すでに報道関係者が集まっていた。ホワイトがあらかじめ手配していたのだった。

佐竹たちはトランプ・フォースのＩＤカードを胸につけていた。彼らが、串木田支社長を連れて上原のまえへ歩み出て、無事救出したと告げると、報道カメラマンのフラッシュがいっせいに光った。

　上原は喜びを表現するためにたいへん苦労しなければならなかった。ミスタ・ホワイトは、誘拐はＦＦＰによるものではなく、未組織のテロ集団が金目あてで実行したものだと正式に発表した。

　それから、ほんの十分後、アントニオ・サンチェス将軍は、ＦＦＰ討伐戦の全軍撤退を命令した。

　そのときになって政府軍の人間は、初めてホセ・カレロ大佐の姿がどこにも見当たらないのに気づいた。

16

パナマの米軍基地にトランプ・フォースの輸送機が待機していた。

ホワイト・チームはいち早く乗り込み、飲み物と食べ物の支給を好きなだけ受けていた。いちばんありがたかったのは、いくらでも眠れることだった。

だが、その甘い眠りは奪い去られた。

バーミリオン・チームとブラック・チームが乗り込んで来たのだ。全員そろっていた。

バーミリオン・チームは残らずどこかにけがをしており、なおかつ疲れ果てているように見えた。

心理的なものが大きかったのかもしれない。

それに比べブラック・チームはたいへん元気そうだった。

「二日半も戦い続けたんだぞ」

ブラックはホワイト・チームの面々に向かって言った。「丸二日半だ。敵は倒しても倒しても現れる。まるで悪夢のようだ。俺たちは弾の尽きるまで撃ちまくる覚悟を決めた

──」

「おい」

ワイズマンが佐竹にささやいた。「基地に着くまで、あいつはしゃべり続けるつもりだぞ」

「マーガレットにたのんでみたらどうだ？」

佐竹はささやきを返した。「彼女ならなんとかしてくれるかもしれない」

たのむまでもなかった。

「みんな疲れてんのよ。あんたも休んだら？」

ブラックは、むっとしてマーガレットを見たが、けだるげな彼女の奇妙な美しさに、思わず眼をそらした。

マーガレットは言った。

「二日半よく戦ってくれたわ。ＦＦＰの連中も感謝しているでしょうよ」

リョサがマーガレットを見た。彼は左手を三角巾で吊っていた。

リョサは、彼女に向かってほほえんだ。マーガレットは、戦い傷つき疲れきったそのラテンアメリカ人に心からやさしいほほえみを返した。

「へえ……」

ワイズマンが言った。「彼女、あんな笑顔もできるんだ」

「しっ……」

佐竹は本当にあわてた。「聞こえるぞ」

しかし手遅れだった。

マーガレットは佐竹とワイズマンを睨《にら》みつけた。

ミスタ・ホワイトは何ごともなかったように眠る準備をしていた。

本書は『トランプ・フォース　狙われた戦場』（一九八九年四月
扶桑社刊）を改題したものです。

DTP　嵐下英治

中公文庫

戦《せん》 場《じょう》

——トランプ・フォース

2010年9月25日　初版発行

著　者　今《こん》野《の》　敏《びん》

発行者　浅海　保

発行所　中央公論新社

〒104-8320　東京都中央区京橋2-8-7
電話　販売 03-3563-1431　編集 03-3563-3692
URL http://www.chuko.co.jp/

印　刷　三晃印刷

製　本　小泉製本

Published by CHUOKORON-SHINSHA, INC.
Printed in Japan　ISBN978-4-12-205361-8 C1193

中公文庫既刊より

各書目の下段の数字はISBNコードです。978-4-12が省略してあります。

こ-40-1
触　発　　今野　敏
朝八時、地下鉄霞ヶ関駅で爆弾テロが発生、死傷者三百名を超える大惨事となった。内閣危機管理対策室は、捜査本部に一人の男を送り込んだ。
203810-3

こ-40-2
アキハバラ　　今野　敏
秋葉原の街を舞台に、パソコンマニア、警視庁、マフィア、そして中近東のスパイまでが入り乱れる、ノンストップ・アクション&パニック小説の傑作！
204326-8

こ-40-3
パラレル　　今野　敏
首都圏内で非行少年が次々に殺された。いずれの犯行も瞬時に行われ、被害者は三人組で、外傷は全く見られない。一体誰が何のために？〈解説〉関口苑生
204686-3

こ-40-4
虎の道　龍の門（上）　　今野　敏
極限の貧困ゆえ、自身の強靭さを武器に一攫千金を夢みる青年・南雲凱。一方、空手道場に通う麻生英治郎は流派への違和感の中で空手の真の姿を探し始める。
204772-3

こ-40-5
虎の道　龍の門（中）　　今野　敏
空手を極めるため道場を開く英治郎。その矢先、黒沢は帰らぬ人に。一方、凱の圧倒的な強さは自らの目算を外れさせ続ける……。ついに動き出す運命の歯車。
204783-9

こ-40-6
虎の道　龍の門（下）　　今野　敏
「不敗神話」の中、虚しさに豪遊を繰り返す凱。「常勝軍団の総帥」に祭り上げられ苦悩する英治郎。その二人が誇りを賭けた対決に臨む！〈解説〉関口苑生
204797-6

こ-40-15
膠　着　　今野　敏
老舗の糊メーカーが社運をかけた新製品は「くっつかない接着剤」⁉　新人営業マン丸橋啓太は商品化すべく知恵を振り絞る。サラリーマン応援小説。
205263-5